LAIMĖ NUTEKĖJIMO

Žemaitė

2

Neturėjo geros motynos

Per keletą varstų nuo sodos atstu, pamiškėj, iškartose, pastatyta trobelė siaura, aukšta, lentiniu stogu apklota, baltu kaminiuku pagražinta, kiokso viduryj dirvono kaip gandralizdis ant vėjo atgairės, be jokio medelio, be tvoros mietelio, be jokios kitos pastogelės. Toli, dauboj, atskardyj, matyti krūva sniegų sukasta ir lopetikė įsmeigta; ten turbūt vanduo semiamas: numanyti po kaupuoto tako, suminto nuo trobos staigiai į daubą ligi tai krūvai sniego; svirties nėra: kaip norint vargiai yra vanduo semiamas. Trobos langai užburbėję, užšalę, net baltuoja iš lauko. Nors girė čia pat, vienok vėjas neįpučia šilimos, o virbo nė pašėlusio nėra pas trobą dėl pakūrenimo pečiaus. Pringelis mažas, tas pats be grėdų, per tai pripustytos visos kerčios sniego. Užduryj, kertelėj, užsiglaudusi stovi šėma karvelė, pridengta dar kaži kokiu škarmalu, o dėlto susitraukusi, sukimbusi nuo šalčio; mažai pakreikta, menkai pašerta; pajutusi kokį brazdesį, tujau birbia graudžiai, gedauja paprasto šilto gėralo.

Trobos durys šlapios, apšarmojusios nuo trupučio vidaus šilimos; viduj lubos varvančios, prišarmojusios, sienos naujai subudavotos, nesukritusios ant kiminų, dar pakėžusios, vėjo kiaurai perpučiamos. Pečius nors dar naujas, bet jau suskilęs, visi šonai supleišėję; pečangyj įtaisytas vąšelis, kur verdama valgyti, po pečkos uždarytas paršelis; asla negrįsta, šlapia, purvuota, trobelė nors ankšta, bet čyst mažėlelė, o toje pačioj sukrauta visa nauda gyventojų. Pasieniais sustatinėti ant padačkų maišgaleliai su bulbėmis, pelais, grūdgaliais, miltais; pastatyta pamazginė bačkelė, ušėtkelis prisūdytas mėsos, vandeninis viedrelis apšalęs, karvamilžė rankinelė, kiaulinis indelis, katilelis, puodelis verdamasis, viedrelis rūgščių batvinių, kitas indelis su kopūstais, krepšelis, šluota, kačerga kerčioj, neatbūtinai reikalingiausiais daiktais prigrūsti visi pasieniai. Pas duris kerčioj pataisyta lentyna; ten puodeliai su pienu, rakandelė, bliūdeliai, torielkos, baltas krūželis, skleinyčia, šaukštai, samtis, menturis, druskinelė, lašinių ir užkulo šmoteliai ant lentikės, sulankstytas samovarelis, šukėtas čaininkelis ant viršaus pastatytas. Tarplangyj, kerčioj, stovi stalelis, kitą sykį buvęs polėruotas, kaip gaidys per šalčius ant vienos kojos, bet nebenusitūrįs, nulinkęs į vieną galą, kuriame, paremtas šakaliu, dar truputį svyruoja. Dvi krasės lendrinėms sėdenėms, su nutrinta jau polėra; toliau, pasienyj, lova gan apsti, uždengta kromine apklote, dvi pagalvės padėtos. Po lovos uždarytos vištos; greta lovos pakabintas lopšys ant lingynės. Tarpe lovos ir pečiaus pastatyta skrynė, sienoj per skrynę sukalinėtos gembės ir sukabinėti drobužiai, turbūt išeiginiai, nes pridengti margine drobule; iš apačios matyti kašmirių kvalbonai, kailinių rudi kailiai – vilkenų ir šunenų, gelumbe traukti, kortinės kelnės, perkelinis sijonas ir teip maišyti vyriški ir motriški drobužiai. Pas pečių ant suolelio išdraikyti skurleliai vaikų rėdomos lėlės.

Tarpę tokio susikrovimo asloj nieko nebėra erčios: nuo stalo ligi lopšio, nuo pečiaus ligi lovos mažne dasiekiamai; tokioj ankštinybėj aslą vis prišnerkšta ir primyniota.

Lovoj, pasieny, sėdėjo trys vaikai, apvalkstyti menkoms, nudriskusiomis jupelėmis, papūrusioms galvelėms, rankelėms ir noselėms raudonomis nuo šalčio; lopšyj čirpė išparpusiu balsu ketvirtasis, dar čyst mažas. Ant lovos krašto sėdėjo moteriškė, apsivilkusi multaniniu sijonu, trumpais aplopytais kailiniukais, galvą skepetu apskritai surišusi, iš po katro kybojo kasos ant nugaros paleistos, drūktos, kaip dvi virvės supintos, su toms bovijosi vaikai, sėdintys lovoj, kojas basnirta įsispyrusi į suplyšusius veltinius batus, ant vienos rankos parėmusi galvą į lovos kraštą, antroje lingavo lopšį. Buvo tai nelaiminga motyna to ketvertos smulkmės. Negalėdama lingavimu užmigdyti kūdikio, paėmė ant rankų, lingavo, globstė, bučiavo, glaudė prie savęs, niekaip neįdavė peno. Nustojo vaikas verkti, išbalęs, pamėlynavęs, sunkiai pūškavo motynos skreite. Ana ilgai žiūrėjo pasilenkusi į sergantį kūdikį ir vėl bučiavo, o ašaros jos kaip dvi pupos nulašėjo ant mažiuko veidelio.

– Mamaite, sukurk ugnelę... teip šalta!

– Vot, tujau sukursiu, kad tik Vincelis užmigtų!

– Aš Vincelį palinguosiu! – tai sakydama, ropštės iš lovos vyresnioji mergelikė.

Motyna apklostė vaiką lopšy, auklę apgobė skepetu, pametė škarmalą ant žemės pas lovą, ant to liepė stoties, nes kojelės basos, žemė šalta. Glostydama mergelikę, tarė:

– Linguok, mano maželele! Bene užmigs tas mirštgyvis... Aš bėgsiu medžių įnešti ugnelei.

– Mama, mamaite! neišeik į mišką! Mes vieni bijosma! – rėkė vaikai vienu balsu visi.

– Neisiu, ne! neverkit; įsinešiu iš čia pat, sukursiu ugnelę.

Sukos motyna, sukūrė ugnį, susvadino vaikus prie šilimos, paėmė viedrą, nudaužė ledus ir išėjo nešina. Kol prisikasė prie vandens, kol iškėlė su kobiniu teip giliai, užtruko valanda, kol parėjo. Mažiukas berėkiąs, beklykiąs, ir auklė kartu beverkianti. Pametė viedrą su vandeniu prie pat slenksčio, puolė motyna prie vaikų. Mažiuką glaudė prie savęs, didžiąją maldė nuo verkimo, liepė ugnelę kurstyti, šildyties; numaldžiusi mažiuką, atgal lopšyj supo.

Pringyj kaži kas subrazdėjo, karvelė subirbė, trobos duris vėrė. Vaikai visi džiaugės: tata! tata! parėjo...

Žengė vyras per slenkstį, gončas pro jo kojas lindo į vidų. Puolė šuo lenciūgu velkinas, užuodė ant lentynos lašinius– kaip šoks ant indų! Užkliuvo lenciūgas už suolelio, nuvertė vaikus į aslą, nudulkėjo rakandelė miltų, ir pieno puodelis nuvirto nuo lentynos.

– Jezus Marija! – sukliko motina.

– Von! ar velnias tave apsėdo! – sušuko kartu tėvas. Vaikai klykė, o šuo lašinius žlebnojo. Motyna kilnojo vaikus, maldė.

–Von, psiakrev! – tėvas varė šunį pro duris.   Užkliuvo lenciūgas už viedro. Supykęs vyras, pagrobęs viedrą, išmetė pro duris, vanduo pasiliejo. Tuomi nugręžė savo apmaudą ant šunies. Įgrįžęs užniko barties ant pačios:

– Ištiža biesų! apsikrovusi indais riogsos kaip lerva! Gėdos neturi nė apsivalyti trobos!.. Prismirdusi, prirūgusi, šalta, negali tverties parėjus!

Paršelis po pečkos ėmė žviegti, vyras tęsė toliau:

– Saulė jau ant laidos, o tavo gyvuliai nepašerti!.. Tinginė, bjaurybė! Laimė tavo, jog gerą vyrą turi! Kitas būtų seniai jau užmušęs: kitas tokį velnią... aš nenoriu tik rankų tepti...

Vaikai, truputį nusimalšę, verkti nuščiuvo, ir motyna atsitekėjo nuo išgąsčio, apsižvalgė po vidų; kaipo būt negirdėjusi vyro kalbos, lengvai prašneko:

– Žadėjau kaisti karvei gerti, ir išliejai vandenį, mano teip vargiai parneštą...   – Dabar tau laikas girdyti karvę! – dar smarkiau suriko vyras. Negalėjai pirma žygius apeiti, kol manęs nebuvo! Žinoma, neprisimiegojai dar! Kaip aš į trobą, tumet visos nelaimės! Kad tave velnias!.. Tokia tinginė, nevaleika!. Tik duokš man valgyti! – šaukė sėsdamas už stalo.

– Nežinau, ką duoti, – atsakė pati, kurstydama ugnį. – Buvau dar nulykijusi nuo vaiko pieno lašelį, ir tą patį šuo paliejo... Duonos nė miltų nebėra, bulbės pašalo...

– Jai ko reiks!.. Nepadvėsk tu badu, namie gulėdama! Bet prakeikta tavo mada! Pareinu sušalęs, nuvargęs, nusibraidęs per dieną, nepaspėjau koją įkelti, tujau turi mane krimsti: šio nėra, to nėra, vepės kaip kokią litaniją!.. Duosiu kumet į snukį, tai nusprogsi ant vietos! Velnias musėt tave ir užvadino man ant sprando! Tokia bjaurybė, nebegali užtekti kantrybės!.. Kad jau teip nieko neturi, užkaisk samovariuką!

Pati buvo besitaisanti eiti vandens, užniko vaikas verkti, nugrįžo atgal pas lopšį:

– Vot, ar aš nesakiau? Nė kokio darbelio, kaip tik apie vaikus... čiupinėties! Koronė Dievo su tokia velniene!

Pati tylėjo. Vyras rengės pats kaisti samovarėlį; pamatė ant žemės čaininkelio šukes, praplyšo iš naujo:

– Ak tu, špetnybe, benage! – sušuko, – ir tas jau sukultas! Tu nepaliksi nė kokio doro indelio... Tau tik su kiaulėms buvoti! Kad tave perkūnas! kad tave kiaura žemė!.. Kur aš dabar arbatą užpilsiu?! Nenoriu tik, bet kad paimsiu kada duoti... stačiai pasakau, nebeliks tau gavybos! Atims velnias tave ir tavo vaikus!..

Užkaito pačios kakta, ausyse ūžė, rankos, kojos drebėjo, širdis plyšo, tvaskėjo, gomuryj gniaužė, akys aptemo; nebedatūrėjo traminamų ašarų: karštu, srauniu tvanu pasiliejo iš akių. Norėdama jas paslėpti, pasilenkė ant ligonio kūdikio. Akies mirksmėj sušlapo jo veidelis. Vyras kaskart baisiau keikė, uparijos, davadžiodamas neteisingiausias apkalbas. Pati stelgės negirdėti jo kalbos; nuplūdus ašaroms, prarijus keletą gurkšnių kartybių, pasibarė jai lengviau. Todėl liūdnai nusišypsojusi tarė:

– Mat ir šunies kalčia tur nukristi ant manęs! Jug tai šuo numetė čaininkelį, o man reik neteisingai nukentėti!

Balsas jos, drebąs nuo skausmo širdies, numalšė truputį įtūžusį vyrą. Pasižiūrėjo skersoms į pačią, o, pamatęs ašaras ant jos skruostų, pašėlo atgal barties:

– No, no, no! to betrūko! – grumždamas šaukė: – pradėk ant galo žlembti! Gana vedi mane nekantrybėn su liežuviu, dar bliaus kaip karvė veršio be reikalo... lygu mušama! Žinai, jog aš to nekenčiu, paskutinė upara manyj dega! Ar neliausies žlembti! Kaip sumausiu į sprandą, tai bent už skausmą ašaras laistysi! Pasirūpintumi verčiau apie večerę!..

Pati tylėjo užsikvempusi ant kūdikio. Vyrui pakako gerklę laidyti, truputį jaukesniu balsu bambėjo:

– Čerauninkė prakeiktoji!.. Kaip tik aš pro duris, tuoj užsisės ant sprando su visokioms zaunoms... Tai šiokia, tai tokia jai visada nelaimė, vis kaži ko trūkusi... Ar seniai sumaliau vieną puspūrį rugių, antrą miežių?!.. Mat nieko nebėra... duonos nė miltų! Išpūstijai jau viską! Kada yra, tai poni!.. Mėtys, barstys, nėmaž nepaskųs... Ar ubagas pasipainios, šmakšt miltų cielą torielką... arba duonos kad duos, tai ir ranka linktelės. Ne kokia tu gaspadinė, viendienė špetnybė!.. Neguodi mano procės. Ką gi tu pati užsidirbi? Tinginė!.. Vis tik žiūri į mano rankas. Kaip išpūstys, nebeliks nieko, nebeturės ko beryti, vaikščios galvą nuleidusi, kaip mėma... Kad tave velnias! Išsišluok bent aslą, tu nevaleika! Žmogus, pripratęs prie viežlybumo, nosį suka, įėjęs į tokį kiaulininką!

– Bijok tu ir pono Dievo teip keikti be jokio reikalo! – tarė pati, iš tiesų jau verkdama. – Žiūrėk, Vincelis čyst jau miršta, putelės eina per burnelę, užšalęs, pamėlynavęs maželelis... Nueitumei verčiau į sodą pasistoroti gramnyčios bent galelį... Gal naktį numirti... ką uždegsma? Tėvas pažvelgė iš tolo į vaiką, persitikrino, jog teisybė... Cielas jau nabaštikelis išrodo. Mušdamas kumsčia į stalą, suriko:

– Vot, kokia tu tai ne rupūžė! Nesakyk tu, žmogus, į tokią padlą! Ar daug pirma sakei, jog vaiks serga?! Būčiau pasistorojęs gydyti, bet ne!.. Vis man ant zlasties darai! Vieną sūnų teturiu, tą patį būtinai nori numarinti. Kodėl tu mergas sveikas augini? O tą ligi mažą susarginai! Kad tu pati verčiau nusprogtumei! Ką norint tu jam padarei – išgandinai ar peršaldei! No, tegul tik vaikas numiršta per tave!.. Užmuščio kaip rupūžę! Pačiai nebeužteko kantrybės tylėti, nors vis verkdama, bet staigiai tarė: – Beproti, tu beproti! Nebežinąs ką bešnekąs!.. Lygu tu negirdėjai šimtais sykių, jog vaikas serga. Praėjusią naktį akių nesudėjau. Nors tu miegojai, vienok ne smerčio miegu: turėjai justi, kaip vaikas čirpė ne savo balsu. Tau išeinant, ar neprašiau kokios pagelbos storoties? Medžioklės negalėjai apleisti, dar parėjęs keiks! Aš nuo ryto burnoj kruopo neturėjau, atsitraukti negaliu, vaikas merdėja, man širdis plyšta... Dar šnekės, kad aš jam ant zlasties noriu numarinti!.. Ar tu turi bent truputį proto?!

Vyras, teip įspėliojamas, nutilo šūkauti, bet patyliais vis dar keikė, uparijos, nė pats nebežinojo ko. Sukinėjosi, trypė po šlapią aslą, mindamas dar didesnį purvyną, mėtė indus, stumdė, spardė maišelius, norėdamas parodyti pačiai, jog gali padaryti šiokią tokią erčią troboj, bet besivalydamas teip pristatinėjo sau po kojų, jog sunkiai jau ant vietos bepasisukinėjo, o toliau nė žingsnio pažengti nebegalėjo. Apmaudavos, keikė ant šalčio, ant ankštos trobos, ant pono, ant pačios, vaikų, ant cielo svieto; pagaliaus ir ant paties pono Dievo, o užvis didžiausiai pats ant savęs. Gaila jam buvo vaiko, gaila verkiančios pačios, gaila išmetinėtų žodžių. Pagatavas sau buvo liežuvį nupjauti. Skausmas ir apmaudas draskė jam širdį, galvoj maišės, nebeįmanė, ką veikti. Artimas vaiko myris akyse jam stovėjo. Nebegalima buvo ant pačios kalčią numesti, lecna jo saužinė tvirtino, jog „per tave vaikas miršta". Skaudžiais sugraudintas, krito ant suolo, parėmė alkūnes ant stalelio, delnose akis įkvempęs rymojo.

Pati nieko nebegirdėjo nė juto, kas aplinkui jos dėjos, tik užsikvempusi bučiavo čyst jau šalstantį kūdikį. Karštoms ašaroms laistė, tarytum savo dūsavimu troško jo gyvybę užtūrėti. Matydama, jog vaikas ledva tik retkarčiais bekvėptelėja, nusiminusi sušuko:

– Jezus Marija, Vincelis jau miršta! Tėvai, brėžk sierčiką, skubėk, mums beveizint numirs vaiks be žvakės!

Vyras, kaip elektra užgautas, krustelėjęs pašoko, puolė iš užstalio, suklupo asloj, mažne parvirto, pripuolęs krito ant vaiko ir jaučio balsu pradėjo baubti. Pabudo tėviška meilė, skaudus gailesys širdį pervėrė, o per

9

balsingą rėksmą ledva beištarė į pačią:

– Tu sterva, padla! Per tave tai vaikas miršta! Kad tu būtumei verčiau pati nusprogusi, ne ko vaiką numarinusi! Maželelis tas mano neturėjo geros motynos! Dar žlembs kaip karvė... Kad būtumei storojusis, nebūtų vaikas miręs... Kad tave šimts velnių!..

1895 m.

Marti

– Nieko neveiksi, matušele, reik leisti Jonuką žanyties; tegul ieško mergos su gera dalia... Apsimokėsma maždaug skolas.

Negali niekur nė nosies iškišti, labiau karčemoj, kaip apstos, vienas palūkų, kitas šieno, tai pasėlės, o kitas kaip velnias prisispyręs kamantinės: „kumet atiduosi?", rodos, kad nieko daugiau nebemoka nė šnekėti.

– Užtai ko valkiojies po karčemas! – užmetė pati.

– Kaži kaip nenorėtumei eiti... kaip apstos ir ant miesto, tai nemitęs turi vesties ant puskvortės. Bepigu dar, kad tos užtektų. Tas prie to, tas prie to, beveizint į kelias plėčkas įvarė, o kai pasigers – tikri velniai: gatavi mane suplėšyti už tas bieso skolas... Atiduosiu gyvenimą, tesižino vaikas, tegul mokėsis, aš niekur nebekišiuos.

– Kaipgi, kaipgi, to betrūko! Atiduok viską, potam vaikas bevadžios mus už čiupros! Aš neduosiu, neužsistupysiu, kol tik gyva, šaukė pati, kaskart didžiau įniršdama. – Nepaduosiu samčio, nenoriu ponios ant savo galvos... Aš nemeilysiu kąsnio iš marčios rankų... To nebus, neprašau!..

– No, no, no! tarškėk netarškėjusi, kaip žydo ratai!.. Gyvenk, gyvenk, nepaduok, o kaip ištaksavos skolininkai, bus tau šmikšt per dantis!.. Bene tau marti sprandą nusuks. Nelaidyk liežuvio, ir bus viskas gerai!

– Dėl mano liežuvio išsiteks marti, – atšovė pati, – bet tau tai užtruks, nebeturėsi iš ko sprogti. Kas padarė tas skolas... Mažne visą gyvenimą pervarei per gerklę... Ar negalėtumei dar gyventi dorai elgdamos. Maušas berods prakuto, bet tu nusmukai. Ant galo marčią užsisvadinsi ant sprando, palauk, išmanysi tu!..

– Tylėk, no! – sušuko vyras, – tuoj gauni į snukį! Kaip sakau, teip ir bus. Jonukas žanysis, gaus spasabo, ir galėsma gyventi.

– Nebent teip, tai priduosiu, – tarė motyna. – Aš gaspadinausiu, o marti tegul sau būna ant šalies, parsineš sau duonos.

– Liepsiu Jonukui pasiprašyti Mateušą į piršlius, ir tegul eina pas Driežo Kotrę, nors nelabai aiški, bet piningai kaipje rankoj. Duoda keturis šimtus, ir dalis nemaža, o mano gyvenimas, nors ir apleistas, bet žemė gera. Driežas nečiaudės, ogi ir Jonukas argi ne vyras... ir iš stuomens, ir iš liemens, patiks mergai...

– Taigi taigi, ką gi beišskyręs?! Tą pajuodėlę, didnosą, pataikūnę, valiūkę... – pakilo šaukti pati. – Išlepinta, išpustyta, išsirėdžiusi, tratanti muslinuose, krakmoluose, eis partyrusi kaip pūslė. Negana į bažnyčią išsikvarkliuos, bet ir po namus išsipuošusi kaip pana. Eis šieno grėbti –

nažutkelė balta, skepetelis, kvartūgelis išdailinti su prosu, kaip iš pieno plaukusi! Ar ta kurią dieną bus gaspadinė? Visa iškyla, kad išeina su grėbleliu, o po namus, sako, nepasiima nė jokio darbelio, tik šlavinėties, plovinėties; tai įsės į stakles, tai siuvinėti nusitvers, vis niekniekius, o sunkaus darbo nieko – pfu! Tokios lengvadarbės neprašau! Pas mane nereik cacku pacacku! Man reik tokios purvabridės, kaip ir aš pati!

– No, motyn, ką tu čia pliauški? Kas gi tuos darbus nudirba? Jug Driežas kitos mergos nesamdo, Kotrikė viena tėra, tėvas šnerkšlys, spaudžia prie darbo kaip pašėlęs.

– Ko čia man ginčiji! lygu aš nežinau. Mergos darbas darbui nelygu. Žiūrėk, pas juos ir namuose iššlavinėta, išdulkinta, tiek po vidų, tiek kiemely, niekur šapelio, niekur sąšlavelės, lovos pataisytos, baltitelės. Tokia pataikūnelė, kaip Katrikė, ant to ir gaišta. Motyna dėta, leisčio aš jai cackyties! Kad duočio, pasiimtų ana darbo! Tėvas ant to nežiūri, piningus tik kala do kala... Apkrovęs šimtais tą savo pajuodėlę, įkiš kam norint, apmaus dorą vaikį.

– Nė jokio apmovimo čia nebus, – tarė tėvas. – Kad piningus duos, nėra ko žiūrėti į mergą, iš kaktos sviesto netepsi, by tik šimtus paskleis, kito nieko nereiks.

– Ogi tu ar negalėtumei šimtus sklaidyti ir be marčios? Jug tavo gyvenimas vertesnis už Driežo, o plikas esi kaip šuo per tą prakeiktą smarvę!

– Bene aš iš tavo kišenės geriu? – sušuko vyras. – Kas tau darbo! Aš ne tavo gėriau. Mano žemė, mano gyvenimas, mano viskas, turiu valią, galiu vienas viską pragerti... Vot, ką tu man padarysi? Juo tu plepėsi ir gyniosi, tuo pašėliau gersiu! Žinok, jog tavo lojimas nieko nemačys, verčiau tylėk, jei nenori gauti per snukį...

– Tiek tu ir težinai: „per snukį, per dantis!" Dėl to, kad aš tiesą pasakau, netinka tau klausyties. Jeigut Jonukas teip tegyvens ir tiek pačios teklausys, verčiau kiaules dar tepagano keletą metų, ne ko žanyties.

– Ko gi dar bereikią – pačios klausyti! To jau ir nebus! Paskutinis veršis būtų klausydamas... Bene motriška turi tiek proto, kad galėtų vyrui randyties... Jeigut pradeda vepėti, drožk su kumsčia į dantis, kad apsilaižytų...

Pati tratėdama išlėkė pro duris, įkandin įslinko į vidų minėtasis Jonukas, vienturtis sūnus Vingių, nuo tėvo betariant, „berods vyras ir iš stuomens, ir iš liemens!" Stambus, aukštas, plačiausių pečių, storo pilvo, per didumą truputį sukumpęs, rankos smalinuotos kaip balžienai, kojos kreivos kaip ritmušai, burna kaip sėtuvė, nosė kaip už ditką agurkas, akys užgriuvusios kaip kurmio, galva didžiausia, pasišiaušusi, pilkais plaukais ir nulinkusi į priešakį, įremta liemenyje ant storo sprando, kakta aukštyn atversta ir kepurė ant šalies užvožta. Lūpa apatinė atkritusi rodė stambius pageltusius dantis ir tankiai išleido seilėms nudrykti. Balakonas ant jo milinis, nelabai aiškus, suglamžtuotas, rukšlėtas, šapais ir šiaudais apkibęs. Marškiniai ir apatininkės – džiaugės baltais vadinami, stori, juodai sudėvėti, šunies neperkandami, turbūt pernai skalbti. Kojos purvinos, įsispyręs basnirta į medenkas. Perėjęs per aslą, pasirąžė, pažiovavo, pažvelgė dar į mažą laikrodėlį, atsisėdo ant suolo trobos gale; kojas ištiesęs į aslą, ėmė šukėtą pypkę krapštinėti ir taboko po kišenes graibyties.

– Kame buvai? – paklausė tėvas.

– Miegojau; kaip atsiguliau po pusryčio, ligi šiol pūčiau į akį – au! – žiovavo.

– Ar suveizėjai arklius?

– Taigi taigi, kaipgis! Man arkliai nerūpi šventą dieną... Taigi, tata, ką dirbsi nesuveizėjęs?

– Bene kur nupuls arkliai, – pamojo tėvas su ranka, – o duobos pečių bene užkišai?

– Taigi taigi, kaipgis! Vis mat man! Ogi pats kame buvai neužkišęs ligi šiol?

– Ne bėda, išdžius rugiai rytojui, – tėvas mostelėjo.

– Garbė Dievui! Ir tas iškirmėjo bent sykį! – dyvijosi motyna įėjusi. – Žmonės po visam kada jau parėjo, o tu dar be pietų, per tą savo miegą gausi ir išalkti.

– Taigi taigi, kaipgis! Dyvykis, nematei pažadinti!

– Kaip jau gali tave pažadinti? Ar aš nešaukiau, bet įsikirmės kaip paršas, nors patrūbočių prie ausų pastatyk, niekas dar neprikeltų ant laiko... Kaip sluogtis, bjaurybė! Ir akys užgriuvo, – į amžiną tinginį pavirtai, pasileidęs ant miego, ar tai pristovi tokiam jaunam? Būtumei verčiau į bažnyčią nuėjęs arba po visam kur į uogas, kaip svieto vaikiukai, antai, dainuoja, linksminas, o tu rūgsti kaip kisielius.

– Taigi taigi, kaipgis! Negirdėjau dar aš tavo kozoniaus, – atšovė sūnelis.

– Gerai vaikas ir sako, – juokės tėvas: – ne priklodus tauzyk, tik pietus duokš greičiau.

Jonukas paslinko už stalo, paėmęs duonos kepalą iš kerčios nuo suolo, atsiriekė storiausių porą riekių. Motyna įnešė rūgusio pieno bliūdą kaip ežerą, įvertė saują stambios druskos. Sūnus žvalgės šaukšto. Žiūrėjo stalčiuj, ant lango, ant žemės, pamatęs po suolo, pakėlė, nubraukęs žemes su pirštais, įdėjo į bliūdą. Kąsdamas duoną dideliais kąsniais, išrūgotą pieną ėmė srėbti, net didžiausios jo ausys linkčiojo. Tėvas, pypkę rūkydamas, vėlek prašneko:

13

– Jonuk, ar tu žanykis, ar ko!.. Pasiieškok bagotos mergos, bene apsimokėsi skolas... Negali nė atsikratyti nuo tų velnių skolininkų, neduoda nė atilsio.

– Taigi taigi, kaipgis! Kas apsiskolijo, o aš turiu mokėties; o dar parodyk, prie katros mergos pritvinko tų pinigų?

– Tik sukis vikriai, o aš tau pasakysiu, kame gausi. Pirškis pas Driežo dukters, pamatysi, kiek šimtų tau paklos!

– Taigi taigi, kaipgis! Galėtumei pats imti Kotrę... Tokia juoda, ir akys kaip vabolės, o prie to dar ir sena, už mane šmotą vyresnė.

Išgirdusi motyna Jonuko kalbą, labai prasidžiugo:

– Vot, ar ne mano viršus? Sakiau, jog ne Jonukui Kotrė... kaip žydelka ar cigonė, kaip biesas žino kas... Paseno, o nenutekėjo, tai jau žinok, jog nėra dora, neimk, nereik tokios... Ar doresnių mergų nėra sviete?

– Jonuk, tu neklausyk motynos, ana meluoja, papratusi niekus tauzyti! Klausyk tik manęs, kaip aš liepsiu, teip turi daryti, o jei ne išginsiu abudu su motyna, žemę išduosiu ant rendos, kol skolas apsimokėsiu, ir judu eikit sau, kur jums patinka.

– Taigi taigi, kaipgis! Pats galėsi eiti, kirsdamas šunims per blakstienas, o aš žemės neišsižadėsiu...

Motyna užšaukė sūnaus kalbą:

– Berods tu rendą paėmęs tropytumei prasprogti, o skola skola paliktų. Neleisiu žemės užduoti, kad tu nesulauktumei!.. Mat vienas nori viską apžergti! Kur mano viso amžiaus sveikata padėta? Užduok, jei nori, pabandyk, o aš nieko neleisiu svetimo į savo butą.

– Mauči!.. – sušuko tėvas. – Kaip matai, gauni į snukį... didelė čia poni randyties... O kiaulių šerti... Kaip aš noriu, teip tur būti. – Atsigręžęs į sūnų, tęsė toliau: – Pačestavok Mateušą, veskis pas Driežą ir tikit, netęskitės, o kaip paduosite užsakus, anie ateis į ūkvaizius, tada su dalia sutiksma.

– Taigi taigi, kaipgis! Sako, Kotrė nenori tekėti.

– Kas tas do per nenoras? Bene jos bus valia! By tik tėvui tiks, duos dalį ir neveizės noro, po gvalta nuvarys.

**

Kaip tėvas liepė, teip ir įvyko. Jonukas su Mateušu lankės pas Driežą. Piršlys, pačestavotas per Jonuką, šnekėjo ir derėjos už jį; geras jo liežuvelis apmetė ir ataudė, o įgirti ir įkalbėti teip tropijo, jog Driežas tik seilę rijo do rijo. Jaunasis ręžės ir žiovavo, bet netruko sutikti.

Kotrė verkė, kaip lytus lijo. Motyna tramdė ją geruoju, o tėvas subaudė sragiai: jeigut rėdoma gerai ožiuosis ir neklausys, išgins nuo savęs ir ničnieko neduos.

Driežas ūkvaiziuose pas Vingį rado apleistus ir apgriuvusius visus pašalius, vienok tiko ir dalies dar dadėjo, kiek piršliui buvo žadėjęs.

Sakė:

– Žemė gera, pievos – kaip avį kirpk, daržai – geriausieji, su budinkais bepigu – sukibę visi naujus pastatysma; nuolanka maža, dalies nereiks niekam duoti, nieks karvelės neišves veltui. Kotrelę pasvadinsiu kaip vištelę ant kiaušių.

Šalininkai – vieni Kotrę peikė, kiti Jonuką, arba tėvais baugino, o kiti pečius tik patraukė.

Kol užsakai išėjo, per tris nedėlias Kotrė, kur tik ėjo, per ašaras sau tako nematė. Jonukas jai dideliai netiko. Motyna, nors jos gailėjos, bet randytiems neturėjo valios, o tėvas nė klausyties neklausės; šnekėjo tik apie Jonuką, žemę, gerą vietą, įkalbinėjo, jog gyvens gerai, prabagotės, pasitaisyti ir jisai padės, o prie vyro pripras; sako: miegalių pažadinsi, tinginį paraginsi; Jonukas jaunas tebėra, pamils tavim ir klausys, kaip liepsi.

**

Besitaisant, besibrūzdant kaip ratas išrietejo tos kelios nedėlios. Kotrė jau suvenčiavota parvažiavo su vyru pas tėvų į jo namus. Parniūkė atsilikęs kraitvežys, nes jo vežimas teip buvo sunkus, net apsiputoję arkliai led parvilko. Du šėpai, dvi skrynės kaip akmenų ritinių priloduoti, o tų ryšių, patalynių, drobužių be galo. Nešė veselninkai iš vežimo, vilko į sukrypusią sulūžusioms durims klėtį.

Kieme taškės, braidė ligi kelių po purvyną. Kotrei kailis kratės, bet galvoj greit sumojo, jog čia reikia nustumdyti pakalniui mėšlus į laidarį, porą vežimų žvyro papilti, takus akmenėliais išdėlioti – bus mažne kaip pas tetušį, tik tvoros sulūžėjusios be galo.

Vedės vyras Kotrę į vidų: Tėvai su veselninkais ir muzikantais išėjo į pringį marčios pasitikti.

Kotrė puolė tėvams po kojų, bučiavo rankas, potam davė katram po ilgą ir plonitelį stuomenį. Motyna susvadino jaunuosius užstalėj, padėjo česnes, ragino gerti, o žiūrėdama į juos džiaugės ir dyvijos:

– Kas gi galėjo tikėties, jog Kotrelė paliks mano marčia! Kad mano Jonuką vežė krikštyti, ana vartus atkėlė, jau prakutusi buvo piemenelė. Ką padarysi, musėt tokia Dievo valia. Apdovenojo, dėkui, mumis gausiai; drobelė teip plona, čia atkočiaus austa, pažįstu tikrai.

Kotrė prarijo pirmą gurkšnį česnės, užtaisytos kaip karčiaisiais pipirais

– žodžiais naujosios motynos.

Tėvas girtitelys, nosis pamėlynavusi; šurmuliavo po aslą, randijos visu kuomi, tankiai kumsčias sugniauždamas, išperpusiu balsu švarkštė: „Kaip aš liepsiu, teip tur būti!" Potam, užsikūręs pypkę, iš antros pusės prisisėdo prie marčios, prisilindęs artiteliai, marmėjo:

– Mano žemė aukso, mano gyvenimas visako pertekęs, kaip inkstas taukuose valiosies, būsi paėdusi, tik manęs klausyk. Maža pasogelė tavo, menka dalelė! Jonukas būtų ir daugiau gavęs kitur, nes tai vyras ir iš stuomens, ir iš liemens, kaip iš pieno plaukęs!.. Kiek jam tave peikė – nieko nemačijo, musėt tau tokia gera laimė žadėta. Ant to apmaudo išgerkim arielkos.

Prisipylęs čėrką – sveiks!

Per smarvę nuo pypkės dvokimo, nuo tėvo arielkos Kotrė niekur nebetvėrės. Atsigręžė ant vyro, tas su atkritusia lūpa, išdrykusioms seilėms iš tiesų besnaudžiąs! Kotrei šiurpis perėjo per kailį, nusiminė pamačiusi, kokius draugininkus įgijo ligi grabo lentos. Pažino aiškiai, jog vieną tikrą tetušį ir vičvienaitę mylimąją matušelę locną teturėjo, katrie, nors mylėdami, bet be malonės atidavė ją į tokias atžūlias rankas. Greitai sumojo sau galvoj, jog naujų tėvų nepravardžiuos tetušiais, bet iš lenkiškumo vadins: papunelis, mamunelė.

Ilgai dar kalino užstalėj jaunuosius. Kotrė net apsvaigo nuo visokių dūmų ir tvaigo, o priveikta skaudžioms užgaulėms motynos, žebelkavimu tėvo, juokais šalininkų, iškliuvusi nuo nepriprastos česnės, led ne led tamsoj nusigabeno ligi savo patalynės. Krito skersai lovos, sprogstančią skausmu ir karščiu galvą įkniausė į pagalvę, katra už menkos valandos sudrėko nuo sraunių jos ašarų. Tolei verkė, kol miegas nuramino pavargusią galvelę.

Neilgai teilsėjos, nes nuo vėjo girgždinamos durys neleido miegoti. Atsibudo net sustingusi ir drebanti nuo šalčio. Nespėriai teatsikluinėjo, kame nakvojanti. Apsičiupinėdama nepriprastoj vietoj, led tik tropijo uždaryti duris; sugreibusi kaži kokį apklotą, susirengusi kiūtojo ligi aušros. Miegai iš galvos išsiblaškė, akyse mirguliavo visokie paveikslai, vakarykščiai regėti; ominėj lindo įvairios kalbos, naujai girdėtos. Prasiblaiviusi perkratė mislėj visus vakarykščius atsitikimus, atsiminė jau atskirta nuo tėvų ir su jų palaiminimu atiduota kitai giminei, o per kunigą privinčiavota vyrui ligi grabo lentos... Atsidūksėjo, persižegnojo, akis pratrynė..

– – Bene sapnuoju... O Jezau, motynele švenčiausia, tikra teisybė!.. bet kur jis? Tai pirma naktis po šliūbo... jo nėra! čia gaidžiai gysta jau, nebe toli aušra, netrukus muzikantai gali ateiti prikelti... Kaip čia bus? Lova netaisyta... Jaunasis pasislėpė... Jaunoji iš vakarykščios nenusirėdžiusi...

Musėt buvo girta... Turbūt ir kiti dar tebegeria, tebešoka... Bet tylu, nieko negirdėt... Ką ta mano matušelė beveikia?.. Pirmą naktelę nakvoju svetur... Dabar jau vadinsis mano namais. Kaip čia reiks prasti, ką čia reiks veikti?!. Teip ir tam lygiai dūmojo Kotrė. Tankiai karštos ašaros smerkės į akis, bet, gvalta jas nuvijusi, dūmojo ir mąstė sau, jog rėkimas nebemačys nieko... Reiks nužemintai, kantriai ir tvirtai pasistiprinti prieš persekiojimus naujosios giminės. Jautė tą aiškiai, jog dabar neturi niekieno širdies, linkios dėl savęs, visi žiūri skersoms ir jos kožną žingsnį ir žodį skaudžiai perkrato.

Prašvintant aušrai, pašoko Kotrė, apvalė truputį savo kraitį, pataisė lovą, apsigerbė drobužius, privėrusi klėties duris, ėjo į vietą.

– Niekur nė gyvos dūšios nematyti, nė činkšt, pats įmigis veselninkų. Užtai gyvuoliai, visą valią gavę, šnerkštė po kerčias. Veršiai, avys po kiemą pliauškė; kiaulės pringyj indus, katilus barškino, žvigindamos visas pamazgas išlaistė. Trobos durys iškeltos ir pastatytos kitame pasienyj, turbūt savizdrolai veselninkai pasizbitkijo tyčioms senius sušaldyti. Troboj tėvas, įkypai lovos pavirtęs, knarkė, ir šuo greta kaulą graužė; nebeatsiriedamas nuo paršelių, įsikėlė į lovą. Motyna, kojas pakišusi po pečiaus, o galvą ant židinio, tarpangyj, pasigūmurisi dėvimuosius kailiniukus, teip skaniai pelenuose kaip puokuose miegojo. Paršeliai susiglaudę apie apgriuvusį židinį krūkinos, prašydami gaspadinės pusryčio, bet ana nieko nejuto. Gaidys, pašokęs ant stalo, kutnojo vištas prie trupinių, o jos mušės su katėms apie išvartytus pieninuotus puodelius. Žąselės nedrąsios prie slenksčio gagėjo, galveles persikreipdamos, spoksojo į muzikantus, išsitiesusius ant suolų; kada anie knarkdami suyzgė, žąselės baidydamos šnypštė. Asloj mažne kaipje kieme purvynas, o pringyj – ko besakyti, nė įbristi nebegali.

Pamačius tokią parėdką, Kotrei šiurpis perėjo per kailį, net plaukai ant galvos sučiuško. Vienok nenuleido rankų. Išvarinėjo visus gyvolius, įstatė šeip teip duris, užkamšė su škarmalais išdaužytus stiklus, kad teip vėjas nepūstų, atrinko indus, sustatinėjo į kerčias; sugreibusi šluotražį, šiūpelę, užniko valyties, kaip beįmanydama aslą sausinti. Žvilgtelėjo nejučioms į lubas: viena lite vortinklės. Neiškentusi perbraukė su šluota porą brūkių per balkį. Pabudo motyna, pakėlusi galvą, pusmirkoms žvalgydamos, prašneko:

– No, padėk Dieve! Nauja gaspadinė atsirado!.. Ar seną paprotį varai?.. Šlavinėties?.. Čia to nereik... Jei purvų nebraidysi, duonos neėsi. Pagaliau šiandien, ar tai gražu? Pirm keltuvių pašokti? Musėt muzikantams stuomens neturi...: Mat, vyrą vieną palikusi, parkūrei valyties... Kas čia tavęs prašė?

Ant tokio pasveikinimo motynos nusišvypsojo liūdžiai Kotrė ir prilėgniai tarė:

– Dovanok, mamunele, už mano atsikėlimą netikrame laike, bet aš tam nekalta... Be galo sušalau, nebenugulėjau, ėjau ieškoti šilimos ir vyro, nes nežinau, kur jisai dingo... O čia žiūriu, jog ir troboj jo nėra... šilimos teipogi nerandu... Duris iškeltas radau... visur šalta, šlapia, vėjas... Ir tamstos teip pat vargiai miegojot, be jokio pailsio, kaipje ir aš. Noriu apsivalyti maždaug; pasikursim (pasikursiu) pečių, ir apsišildysma visi.

– Kas gi kaltas? – murmėjo motyna. – Vakar vakarą išlėkei viena gulti, o tas miegalius, kur norint pakritęs, užkirmėjo. Nebarstyk tų smilčių teip storai: dulkės be galo kaip pradės šokti...

– Ar iš purvyno dulkės? – juokės Kotrė. – Verčiau, mama, sakyk, jog purvą didesnį išmins.

– Sporyties mat moki! – prašneko tėvas, ropšdamos iš lovos. – Už pirmą rytą nori mus paneigti. Kaip ligi šiol, teip ir dabar tropys motyna randyties ir be tokios ponios...

Kotrė nemitusi spūdino laukan. Pryšininkėj išgirdo knarkimą miegančių; pralenkusi duris net nustebo: jos vyras bemiegąs kaip sluogtis lovoj, kaip kiaulių kinyj, greta su piemeniu, katras, spaudžiamas per Joną prie sienos, spyrės atgal su naginėtoms, purvinoms ligi kelių kojoms. Per tai suvalioto, supurvino visą šoną jo šliūbinių drobužių, pasiūdintų per Kotrę iš gražaus ir brangaus čerkaso, jos pačios darbo. Suskudo jos širdis ne tiek iš gailesio drobužių, kaip iš apmaudo, jog niekaip negalėjo vyrą prižadinti. Šaukia, judina, glamžuoja kuo neverkdama, o jis miega, knarkia kaip dvėsdamas... Išgirdo motyna Kotrės balsą, įpuolė į ginčią, užmetė akį... jau viską permanė.

– Tokia vikri statais, – tarė į marčią, – o pagatava žlembti dėl niekų. Nesumanai, ką daryti. O teip!

Pagrobusi už čiupros piemenuką, sviedė iš lovos į aslą šaukdama:

– Tu rupūžoke! nusiauk kojas guldamas kitą sykį! O Jonuko nedraskyk prisistojusi... kaip pramigs, ir atsikels. Ne dabar laikas tau lementavoti... Vakare buvo neužsisklęsti klėtyj...

Persigando be galo Kotrė iš tokio nemielaširdingo apsiejimo motynos. Nė galo jos kalbos negirdėjo per gailesį to piemenelio, verkiančio iš skausmo, o drebančio iš išgąščio. Motyna tuo tarpu užsiuntė muzikantus. Tie susigriovė su muzikoms, griežė maršus keltuvėms jaunųjų.

Nors trankiai ir garsiai griežė, vienok Jono niekaip nepribudino. Jisai rodės norįs pritarti savo knarkimu. Kotrė atnešė stuomenis davenų muzikantams, patiesė savo skotertes ant stalo.

Kilo iš šiaudų veselninkai, rinkos susiedai, juokės, čydijos iš kits kito nakvynės.

Kotrė apkrovė stalus savo parvežtais pyragais, varškėms, apstatė plėčkoms, ragino svečius ir tėvus kartu. Tėvas, išvydęs arielką, nėmaž neraginos. Motyna spyrės dar kaip ožka, bet, išmaukusi porą čėrkelių, labai įplepo. Kožnam atskirai pasakojo vieną ir tą patį, kaip marti vakar vakarą, pasislėpusi nuo vyro, išlėkė gulti ir, užsisklendus klėtyj, nebeįsileido nieko. Jonukas nabagas baldės, braižės apie duris, juokės, klegėjo, dievagojos, kitos švypsojo, kitos galvas tik kinknojo, bet nė vieno žodelio neužtarė už Kotrę. Beviešint, bešokant neprailgo laikas. Netikėtai dar atžvangėjo, atbarškėjo jaunosios pasekėjai – broliai, gentys ir svočia su vyru. Prasidžiugo Notrė sulaukusi savųjų. Susvadino, vaišino kuomi tik beišgalėdama. Tėvas, gerai jau užmaukęs, šaukojo, sklaidės, girdamas savo žemę – aukso obuolį, savo sūnų – vyrą ir iš stuomens, ir iš liemens; gailinos pliką marčią,,nevertą jo sūnaus, gavęs. Svočios vyras, teipogi jau įkaitęs, sporijos ir gynė savo pusę, o čydijos iš jo pamatų, per kuriuos šunys lenda, iš stogų – dangumi dengtų, iš rūmo – be langų, be durų. Iš pradžios juokais, o potam jau iš tiesų išsibarė, špygoms išsibadė, ko tik nedaėjo ligi peštynių. Tėvas, kumsčias mušdamas į stalą, rėkavo:

– Mano dvaras, mano geras, o nekviestiems svečiams nėra česnės! Kam nepatinka – laukan! Kaip aš liepsiu, teip ir bus!

Per tokį zvaidą sumišo visa veselė, kožnas tik žvalgės, kaip išsprukti namon. Anos pusės veselninkai išbrazdėjo atgal, teip pat ir susiedai po kits kito spūdino laukan.

Motyna, apsimetusi girčiu, susirengė lovoj, būsianti nieko nejuntanti. Kotrė išsigandusi drebėjo kerčioj. Tėvas per savo įniršimą nė justi nepajuto, kaip svečių mažai beliko. Ėmė prie visų kabinėtis: prie muzikantų, marčios, prie motynos, žadėdamas visus išperti. Ant jų laimės atsiropštė Jonas iš miego, išgirdęs tėvą rėkaujant po trobą; tebeverdamas duris, jau sušuko:

– Taigi taigi, kaipgis! To dar betrūko! Niekas dar čia negirdėjo tavo gerklės! Nežinai gulties prisisprogęs, ne lermas kelti!

– Je je! Kaip tau kad niekas daugiau nerūpi, tik gulėti ir kirmėti per dienas, naktis! – lengvesniu jau balsu sporijos tėvas. – Tau berods niekas nerūpi už mano galvos... Išsimiegojęs, duonos išsiėdęs, užsimanei žanyties... Dar tokią plikę parvedei už ponią ant mano žemės. Nevilkis, neduosiu ant jūsų valios, bet kaip aš liepsiu, teip turi būti! ir vėl smarkiai trenkė su koja į purvyną.

– Taigi taigi, kaipgis! Kas čia tavęs bijo!.. Bene aš užsimaniau žanyties? Ponevaliuo man pačią užkrovei, nes piningų tau gvalta prireikė,

19

nebeapsikopei skolų... Bepigu dabar tau mandravoti, kad jau atsikratei nuo žydų per mane!

– Bene man piningų reikėjo? Juk tu dėl savęs žemę išpirkai! Už tai, vaike, dabar mokykis gyventi! Sek mano pėdas, jei nori pragyventi. Valdyk bobas, neduokis sau už nosies vadžioti.

Kotrės brolis, katras dar čia tebešurmuliavo, sušuko asloj:

– Sudievu, tetuš! Dėkui, jog dasižinojau, kokia buvo Jono ženatvė! O tu, švoger, užlaikyk kaip reikiant pačią, nes už jos laimę tu atsakysi, nes paėmei keturis šimtus ir dalį!..

Tai sakydamas, pagražojo su stimakoju jam į nosį.

– Taigi taigi, kaipgis! Man mat nepakelti!..

***

Koksai gyvenimas, toksai ir mirimas, arba: kokia pradžia, toks ir galas. Teip ir Driežo Kotrei: kokia veselija, tokia ir laimė. Tėvams neįtiko niekuomi, niekuomi. Ką tik Kotrė darė, vis peiktinai; vaikščiojo ar sėdėjo, šnekėjo ar tylėjo, juokės ar verkė, darbavos ar gulėjo – vis negerai,ir negerai. Tėvas kiteip jos ir nevadino, kaip tik – šavalka, plikė, ne tokios Jonis bestovįs. Motyna, viseip meluodama, įdavinėjo vyrams, per tai džiaugės nugręžusi nuo savęs tėvo keiksmą, i per jos liežuvį kliuvo kalčia Kotrei.

Išaušo jau pavasaris. Po vakarykščio lytaus nušvito visa padangė. Saulelė kaitina, gaivina ir šildo žemelę, ką tik išsiliuosavusią iš šalto kailinio kietos žiemos; suspausta šalčių, prislėgta sniegų, atitolinta nuo saulės, kentėjo ilgus laikus sustingusi ir apmirusi. Šiandien tarytum juokiasi linksmai, budinama atsigręžusios saulelės, sušilusi jos įkaitytu; net garuoja žemelė, kvėpuodama iš vidurių paskutinį pašalą. Vėjelis, pranokdamas saulelės spindulius, šiltai pūkšnoja, skubindamas džiovinti purvuotą jos paviršę. Sniegas, kur ne kur dar pasislėpęs, baltuoja patvoryj, bet, pabūgęs šviesos, traukias, nyksta, tyža, šyla ir tirpsta, persimainydamas į vandenį, graužia sau vinguruotus takelius, tvinsta pakalniui į upelį, iš paskubos net apsiputojęs. Miškai papūro ir papilkavo pumpurais. Paukšteliai kožnas kitokiu balsu vingura savo giesmę, garbina aušrą pavasario. Sumišę balsai – tetervinų bildesio, vivirselių vyturiavimo, varlių kurkimo, vabolių bryzgimo – pasklidęs ore atbalsis – padaro nepermanomą ūžesį, be galo meilų širdžiai, o malonų ausiai. Vadovas didelio pulkelio, stambus žąsinelis, klykdamas partraukia iš pietų, žino gerai kelią, veda paskui savęs nemažą būrelį, persiskyrusį į dvi ilgas kartis; nutraukė, nuklegėjo stačiai į šiaurę. Baltos gulbelės šniokštuoja sparnais viršumi pušyno, pailsusios iš tolimos kelionės; sunkiai mojuoja sparnais, garsiai tūtuodamos, ieško vietos, kur galėtų nusileisti. Kaži kur toliau už miško sukrūkė gervės. Ančių – tai begalinės minios užplūdo, kvarkinasi, pleškinasi po sartis, tokiais būriais pakilusios, kaip debesiais, laksto. Stybrakojis gandras, stypinėdamas po laukus, renka šapus; prisikandęs pilną snapą, kilsta į lizdą; ten, užsiversdamas galvą, klekina, sparnais pasisklaidydamas, gyniojasi nuo priešininkų, langojančių aplinkui. Žvirbleliai kanapleseliai linksmai čiurškauna apie gandralizdį. Ledspira, šokinėdama paprūdyj, linguoja uodegelę.

Kūtvailiškių sodos rugių laukas kaip žalia gelumbe apsidengė. Po sodą teipogi kas gyvas galįs juda, plasta, kožnas ypatingai nurodo džiaugsmą, sulaukęs linksmo pavasario. Margi balandeliai būriais pasilangodami, nuo stogo ligi stogo skrajoja. Raudonas gaidys, išsivedęs vištų būrį ant skiedryno, pasikraipydamas rožėtą skiauterę, garsiai gysta. Širvas žąsinelis kiūto ant vienos kojos netol pringio, galvelę perkreipęs klausosi, bene cypčioja žąseliai ląstvoj. Rainas katinas, pašokęs ant malkos, šerį papūtęs, uodegą pastatė prieš Rutkiuką, o tas, lakstydamas į rinkį, cypdamas, pasikaukdamas loja.

Vaikų cielus būrius ant pamato išperėjo saulelė; sustyrę, susimurinę gniaužė drėgnas smilteles, didesnieji jau basi, raudonoms nosims ir kojoms po ūlyčią važinėjo ratukus; džiaugdamos kits kitam plepa:

– Mamaitė šmotą, šmotą kiaušių rytoj dažys, cielą puodą, su kaupu!.. O jūsų ar šmotą vištos pridėjo? Mušma per Velykas.

– Ji mūsų dažys jaudonai, as ne musu, jitinėsu.

– O aš tavo takšt ir sudaužau!

– Aš mamaitei pasakysiu, – čirpė kuo neverkdamas. Vyrai ant skiedryno, nors kepurės dar žieminės ir pirštinės lopuotės, bet kailinius ant tvoros pasimetę, vienmarškiniai mietus tašė. Kitas, kumelę įsispraudęs į žambrį, bandė paarėti daržą. Mergikės, gatavai vandens viedrą pasistačiusios, tykojo perlieti artoją, kad jo kumelė būtų riebesnė. Kitur gaspadorius grėbstinėjo, valės kiemelyj ir apie laidarį; parėjus iš lauko avims, skaitė erelius, rodydamas pirštu, pagal nosia pasikėlęs. Kitame šmote, prie krūvos rąstų ir užtiestos budavoti jaujos, būrys vyrų strūliavo baldės. Kaži kas žilius parsiundė būrį kiaulių iš rugių; votegu nešinas, priėjęs prie vyrų, užniko barties:

– Ar jūs pašėlę esat – teip apleisti kiaulėms rugius! Musėt velnias apstojo, juk tai pavasaris! Cielame sviete nėra tokio pasileidimo, kaip prie mūsų: ką Dievas ir duoda, o mes patys metam duoną nuo savęs. – Aš pasakysiu: kad nevaravostės su kiaulėms, atminkit, nepūpkit, kad nebepareis kita, arba uždarysiu parvaręs, kieno bus, ir neduosiu be rublio;

matyti, jog su jumis negali geruoju, kaip su biesais... Į rugius nuėjus, Jezus Marija reik šaukti – kokią iškadą daro!

– Dėkui, dėkui, dėdele, bent vienas apsibark! Teisybė, didelė mūsų visų paleistuvystė teip neveizėti.

– Ant nelaimės neturiu šunų, ne vieną kiaulę velnias atimtų... Kitas katro kiaulė buvo parvarytame būryj, tiek besako:

– Ir tavo paties deglę mačiau vakar rugiuose.

– Veizėkit, plėškit ir mane skrembkit, – šokos senis, – ar velnias jumis neleidžia! Reik visiems daboties, nes paliksma be duonos.

Teip vyrai po laukus brūzdė, o bobos po vidų. Vienur valėsi, dulkinosi, lubas plovė, sienas šveitė, patalynes valkstė; kitur pyragus minkė arba jau išsikeptus dėliojo. Kita miltų geldą nešės iš klėties į trobą; visur taisės mėsas plovė, taisė kepti; varškes dirbo, kastinį suko, lašinius pjaustė, o cieloj sodoj kožname bute kaminas rūko dūmais užkurto pečiaus, net ūlyčia einant jutos įvairūs kvapai. Mergos, siuntinėjamos nuo gaspadinių, tekinos lakstė, skubėjo darbuoties šį vakarą, kad rytojui mažiau beliktų darbo, anksčiau galėtų išeiti į Velykas.

Kitai gaspadinei nevyko nabagei: nekilo pyragai, puodeliu nešina lakstė po sodą, ieškodama mielių; viename ir kitame kieme klausinėja – vis neturinčios.

– Reik lėkti prie galinės – anie gavėnioj alų darė, bene gausiu?

Radusi Jurgienę sviestą beplaustant, apsikabinusi prašė:

– Jurgienele, balandeli, duokš mielių nors lašelį... Miltus tokius langius nupirko... Tėvas išgins mane į pipirų žemę, kaip sukris pyragai.

– Teip mažai teturiu, visos nešė, nešė... Ko neužėjai pas Vingienę? Kotrė nuo motynos andai, mačiau, parsinešė cielą plėčką, anų liks.

– Buvau, nabagele! Kad ten įpuoliau ant tokios lermos, tai bėda!

– Jau turbūt ant Kotrės sukilo? Visi, bračeli, besiriėją kaip šunys... Ir Kotrė gerą beturinti liežuvėlį... Teip kertas, kad bėda!

– A! matai tiktai, prabils, nebeiškentės!

– No, kad ten negali. Gana kentėjo ir norėjo Kotrė būti mažesnė... Jug aš ten rytas vakaras, žinau viską... Jau kaip ana iš pradžios, tuo parėjimu, lenkė tėvus, visada prilėgniai, maloniai slaugys, šokinės, gatava buvo ant rankų nešioti... Nieko nemačijo: kaip laido dantis ant jos, teip laido. Prisiklausė visako, užteko, dabar jau atsibodo, ėmė kirsties kaip kirvis su akmenių... Dantinga ir Kotrė!

– Dveigys treigį užėjo... A ta ta ta!.. Gerai Vingiams gerai... Kiek ana mane veikė, liežuvį laidino, kaip mes provojomės su tėvų nabaštikais, o pats į svietkus ėjo tėvams... Gerai, kad bent marti aniems kaktą perskeltų!.. Ar girdi, tu pamokyk!..

– Klausykis, nabaguti! Jug per mane Kotrė ir pakilo rieties... Aš prikursčiau... Pirma ta motyna duos, duos jai kozonius, tėvas nuo savęs keiks, piškins... O ir Kotrė, matyti, uparočė: būdavo, rėks, rėks iš uparos, bet nebarsis. Sakau: argi tu liežuvio neturi? Tokią dalį parsinešei, gyvenimą kaipje išpirkai, ir tu leisies teip joti sau sprandu. No kad užniko kirsties, nė žodžio nebenutyli... Pašėlęs ir Kotrės liežuvis, kad bėda!

– No, o vyras ką besako?

– Bene dar tą mulkį gali vyru vadinti? Jis ne vyras, bet stuobrys, išpuvęs, be malonėsis, glamžuos, norėtų pabudinti jausmus meilės jo širdyj, norėtų atversti į žmogų... nieko nemačija! Jisai: ,,taigi taigi, kaipgis!", ir gana, o tinginys, kad bėda! Su tėvu tik moka rieties.

– Teip ir gerai! Sukibs abudu iš vieno į tėvus...

– Kad bent dar nekibtų tas veršis! Jam pati nerūpi, žiūri tik, kaip atsirieti nuo darbo, jei kumet pradeda tėvas ūdyti. O Kotrė – tai pašėlusi darbininkė... Išžirga eina, bračeli! Darbas jai tirpti tirpsta rankose. Nors ir senė Vingienė nesugriuvusi, bet marčiai nė gerti neatneša ant darbo. Žiūrėk, kaip ana pašalius apvalė, ta pati troba palaikė kaip ne ta paliko; būdavo, negalės nosies įkišti, dabar bent sausa, viežlyba, kaip svieto. Užtai kuo didžiau motyna ir šėlsta, kad jos mėšlus apkopė... Ka ka ka! juokės abidvi...

– Ar šmotą susisukai sviesto per gavėnią?

– Nedaug! Kas tos mano karvės – pirmdėlelės, žiemmilželės, pašaras prastas, nieko pieno neduoda.

– Šit ir mano visas galbūt poras gorčių... Įsiplepau, o mano pečius beatvėsta. Dėkui už mieles, sudievu!

***

Vingių kiemelyj purvynai truputį apsusę, takelis į klėtį ir po slenksčiu išbarstytas geltonoms smiltelėms; dar krepšai smiltinuoti ir naščiai tebeniūkso pamesti patvoryj. Trobos stogas storai apkerpėjęs, kur ne kur pro tarpus spykso stiebai žolių, vasarą žaliavusių ant stogo; kerpės kėksojo kukuliais, kaip duonos kepalais. Visa paviršė stogo išrodė kaip kęsynė skynimuose. Zolabas per vidurį giliai įlinkęs, kaip kumelės nugara; viduryj iškišta lentinė gerklė, pavidalo kamino, kitą kartą vėmusi dūmus, o dabar čyst nukrypusi į vieną pusę; išrodė, kaip būtų troba kraipiusi galvą, dyvydamos niekados nemačiusi išbarstyto kiemelio. Sienos sulinkusios ir susmegusios, nebevaliojančios atsitiesti po sunkumu stoginių kaminų. Kerčia pastogės ant pryšininkės, čyst jau į žemę atsirėmusi, išrodė turinti atspyrusi trobos galą, kad langeliai neįsiknaustų į žemę. Stakta išsiviepusi įkypai, per tai durys ativiros stovėjo. Pringio viduryj aukštai sugrįstos luobinės užlos, aprūkusios spindinčioms sūdims, po tų pakabinti du vąšai apačioj, sušlavinėti į krūvelę pelenai ir užkopta ugnelė. Indai surikiuoti į kerčias, asla truputį išsausinta. Troboj teipogi apvalyta, lova pataisyta, langai neseniai nuplauti, dar drėgni. Stiklai, kur išsproginėję, užspraudyti šakaleliais ir kelioms šaklėms rūtų apkaišyti; asla sausa, išbarstyta, pečangio ir židinio griuvėsiai nušluoti. Troba šilta, pečius berods kūrentas, bet nė jokiu smarsu neprikvepusi.

Kotrė vienmarškinė, po plaukų, basa prie stalo kočiojo drobužius; įpykusi, įniršusi plyšo raudoniu, truputį vėjo supūsta, o daugiau iš apmaudo; juodos jos akys spindėjo piktumu, tarytum kibirkštis pažers į šalis, o su kočėlais šarpiai švaistės.

Tėvas asloj, netol durų, motyna prie židinio. Jonis išsitiesęs, kniūpsčias, pas pečių ant suoliuko; trumpai jam vietos, todėl kojas ligi kelių pastatęs į aukštą pagal siena; galva antrame gale, nusikišusi ilgiau suoliuko; truputį burną pakėlęs, pypkę žinda.

Kotrė drebančiu, bet skambančiu balsu aiškiai prorėksmais barės:
– Nė jokių ištaigų neprašau!.. Nepratusi kiauliškai ir nenoriu... Prie mano tetušio šunys ir kiaulės geriau ėda... Smetonas, antai, vienos kirmėlės, laikei apsižergusi!.. Kas tą kastinį gali ėsti?.. Mėsa kaip šikšna – Nė pyrago šmotelio nėra atgavėti! Ar tai ne gėda ir patiems?.. Pagatavi savo draugą atsisukę suėsti!.. Ubagas geriau pasitaiso Velykoms, ne ko jūs.

Motyna, turbūt jau pritrūkusi žodžių, vieną ir tą patį čirkšdama, rankoms mojuodama, atkartojo:
– Pataikūnė, pataikūnė! tinginė! pajuodėlė!..
Tėvas vėlek švarkšdamas krokė:
– Mauči, tuoj gauni į dantis! Kaip aš liepsiu, teip tur būti.
Jonis nusispjaudydamas drūktai pritarė:
– Taigi taigi, kaipgis! Laidykit gerkles... Kas čia jūsų bijo? Kotrė, šarpuodama kočioti, teip smarkiai daužė į stalą, net langų stiklai virpėjo, o vis nesustodama šaukė:
– Bene mane iš kokio kiaulininko parvedėte!.. Ar aš jums siūliaus? Aš darbo nebijau, o jūsų liežuvio nė tiek!.. Man valia dirbti, valia nedirbti... Savo šimtais išpirkau gyvenimą, o dabar per jūsų šykštumą kąsnio neturiu... gėda kam ir sakyti. Per kiaurą žiemą kaip kokia vergė viena dirbu, visus gyvolius veizu, o jus tik dantis ant manęs pakabinti temokat... Kad jūsų gyvenimas ežeru būtų aptekęs!

Barėsi rėkdama Kotrė, o su kočėlais daužė, net stalas tratėjo, už tai ir tėvai, atstu atsitraukę, vaksijos; teip krokė tėvas, net gerklė jam apkarto, o Kotrės užšaukti niekaip negalėjo; spigino ir spigino tėvams visą teisybę,

24

vedė juos į zlastį. Tėvas, perpykęs, dantis tratindamas, lėkė laukan, daužė duris, net sienos sudrebėjo. Motyna paskui, čirkšdama:

– Parvesk vyrus, eik į sodą! Matai, kad nieko nebus, reik duoti po slėtatatoriu, reik pamokyti tokią ponią!

– Tauzyk kaip durnė! Kam man tų vyrų?.. Aš ir pats tropysiu... Būčio ir dabar nutvėręs iš užpakalio už čiupros, kad ne tie kočėlai jos rankose, susiturėjau tik tą kartą. Žinai gi, ir aš prisivengiau, tokia uparočė, pone Dieve sergėk, gal kaktą perskelti! Prisieis kitą sykį, aš jai parodysiu!.. Kaip aš liepsiu, teip tur būti, – nuėjo kumsčias sugniaužęs, numojavo.

Kotrei rankos, kojos drebėjo, širdis plakė, kakta karščiu degė. Prasišalinus tėvams, užsikvempusi ant stalo parymojo, nusišluostė į kvartūgą akis ir kaktą atsidūksėjo giliai, giliai. Tik atsisukusi žvilgt į yrą, ir vėl jos akys apėjo ašaromis... Jonis gatavai užmigęs, pypkė iškritusi iš dantų ir seilės išdrykusios.

– Išsvajotasis tai mano vyras, išskirtasis nuo mano tėvo... Tokios tai meilės troško mano širdis, – kas kartas lengviau kočiodama, Kotrė ūmojo: – Teip tai pildos tetušelio žodžiai: Jaunas tebėra, mylės tave ir klausys..." Bepigu, kad dabar galėčio parodyti, katras vertesnis meilės – pečius ar ta žmogysta? Matušele, mano matušele, į kokias rankas mane atidavei?! Tatušeli mano brangusis, kuomi aš tau teip nusidėjau, kad tu mane į tokią peklą įstūmei?.. Buvo verčiau neužauginti, ligi mažą kur nužudyti!.. Išrėdėt, ištaisėt, o ant kokios laimės? Varsto kaip peilis mano širdelę, girdo kartybėms kas dienelę... Plyšta širdelė, sprogsta galvelė!.. Nėra kam paguosti, nėra kam priglausti, – ašaros kaip pupos rietėjo Kotrei per skruostus. – Gėlė mano širdelė, gėlė... prijautė, tik nepasakė, ką reiks išgirsti, kiek reiks nukentėti!.. Matušele mano mylimoji, įkalbinėjai man nuo širdies tėvus lenkti, klausyti, blogu žodeliu neužgauti, o vyrą mylėti! Prižadėjau, o kaip pildau? Dievulaičiau, ko negaliu, niekaip negaliu, nebeužtenka kantrybės!.. Į ką aš pavirtau? Pasibaisėtų manim dabar užkulniškiai...

Ne mano kalčia, ne mano! Anie patys prisuokė mane prie to... Ką čia reiks veikti, kaip čia reiks datūrėti? Pusė metelių dar teišejo, o rodos, jau amžiai!..

***

– Ko jūs nekeliatės! Ar velnias jumis apstojo teip ilgai kirmėti?! – šaukė tėvas, eidamas per kiemą, bet apsiriko: Kotrė baigė jau pusrytį virti ir kitą apyvoką buvo jau apėjusi. Jonis, tiesa, dar tebedribsojo klėtyj. Motyna troboj kentėjo susirengusi lovoj. Tėvas, įėjęs į trobą, barės:

– Aš per naktį arklius ganęs jau parėjau, o jūs ligi pusryčio kirmėjat! Ko nežadinat Jonio? Ta šavalka besivalkiojanti, o tas turbūt tebedribso!
– Sunku mat jai pažadinti – rūgojo motyna. Man teip galvą gelia. Ana pati prisiropštė, o Jonio nežadina tyčioms – nori pasirodyti viena darbininkė; iš to spraunumo kažin ir pusrytį ar išvirė? Jonis neėdęs negali niekur eiti.
– Kaip aš jumis imsiu perti visus nuo krašto, tai eiste skliundžiumis! Visas svietas kruta. Jonis mat neėdęs negali eiti!
– Šauk, šauk, susimildamas! Lygu nematai, kas destis! Pirma vaikas buvo kaip žiuburys, o dabar koks? Ne po širdies pačią gavo ir nenori darbuoties. Ant galo vienam visi darbai, nė jo sveikata nevalioja.
– Tik maždaug reik krutėti. Žiūrėk, visiteli po ventas nuo pat aušros pjauna, o mūsų nieks nerūpinas...
– Taigi taigi, kaipgis! – sušuko Jonis, žengdamas į trobą.
Tėvas nutilo. Jonis, krapštinėdamas užmieguotas akis, bambėjo:
– Gerklę laidyti tik težinai, o dirbti man vienam reikia! Vakar išėjau ant vakaro pjauti ir nulaužiau dalgį šiandien reik važiuoti į turgų pirkti naują.
– Važiuosma abudu! – prasidžiugo tėvas. – Nupirksma dalgį, dar bene gausma kokį pjovėją pasamdyti; vienas, žinoma, nevaliosi nupjauti.
Vyrams bešnekant, Kotrė įnešė prausties ir taisės pilti pusrytį; girdėdama vyrų kalbą, neiškentėjo neatsiliepusi:
– Argi jau kito dalgio nebėra cielame bute? Tata nuvažiavęs ir vienas viską išpildys, o Jonis tepjauna, aš iš vandens trauksiu. Atminkit, jog pasiliksma su pievoms, kaip ir su kožnu darbu; negana nekeliatės ant laiko, dar mat reiks abudum gaišti šiokią dieną, kur visas svietas kruta iš paskutinės, o jūs po turgus valkiostės!
– Tau nerūpi... kaip aš liepsiu, teip tur būti.
– Taigi taigi, kaipgis! Laidyk čia gerklę...
– Anokia tu čia ir darbininkė – liežuvį tik laidyti.
Visi trys kartu sušuko ant Kotrės; ta tenkinos išsprukusi pro duris. Po pusryčio vyrai, įsispyrę į batus, kinkės arklius, taisė vežimą. Motyna, krūpštinėdama aplinkui, tarė:
– Reik ir man važiuoti: turiu parduoti sviesto kvartą ir kiaušių dešimtį.
– Kurgi ne! tokios dar betrūko! – subarė tėvas. – Žinai, kaip pas mane: boboms sėdėti užpečkyj, ne valkioties, kaip kontapliai, paskui vyrų, o parduoti jei ką turi, tropysma ir be tavęs. Duok šen, įdėsiu gerai į vežimą.
Motyna dairės, nebenorėtų duoti savo tavoro, bet tėvas po gvalta glemžė iš klėties puodelį sviesto ir krepšelį kiaušių. Kotrė pamačiusi vėlek atsiliepė:
– Ką čia užsimanėt parduoti paskutinį kąsnį. Ką gi beėsma subatoms

per šienpjūtę?

– Tau tik viską suėsti terūpi, – šokas tėvas, – o iš kur kapeiką paimsi? Džiaukis duonos turinti, ne sviesto!

– Jai daugiau niekas nerūpi, kaip tik skanėstai, – pritarė motyna. Jonis nieko nesakė, nes ir jisai velytų verčiau suėsti, ne ko parduoti.

Kotrė, priėjusi prie vyro, prašė:

– Jonel, nupirk man nors svarelį muilo; reik bent išsiskalbti šienpjūtei.

– Pfu! po biesais! Tokių dar išmislų betrūko mano gyvenime! – Strainiuška giltinių! – pridėjo motyna. – Amžių baigiu be muilų, o dėlto esu paėdusi.

– Taigi taigi, kaipgis! Visų ištaigų bereikią... Išvažiavo. Motynai vėlek sugilo galvą, įsirito atgal į lovą. Kotrė velėjo drobužius, šutino ir kreščiuose su naščiais nešiojos prie skalbyklos.

***

Kūtvailiškių pievos išeina pailga lygme išilgui Ventos. Nuo sodos pusės kalvos ir kelmuoti dirvonai. Priešais, antroj pusėj, pušynai žaliuoja. Venta po plotmą viseip išsivinguruoja, skiriasi į šakas, katros, vingį aprietusios, ir vėl krūvon susibėga, bet plaukti tiktai per potvynius tepakilsta, o vasarą niūkso ant vietos, pabliurusi dumblais ir purvynais, per tai ir pievos šlapios ir smukios, išdžiūna tiktai atsitropijus giedrai vasarai. Tankiai per šienpjūtę tyvaliuoja vanduo po žolyną pasruvęs, o jei kartais sodresnis lytus uždrožia, tada Venta beveizint užkilsta, išsiliejusi plačiau, daduoda vandens šakoms, ir susibūrusios visos per vieną pasijudina plaukti; tumet nuplukdo, nuneša pradalges, kupščius ir kūgius, o stačioji žolė, aptvinusi ligi viršūnių, lenkiama sraunumu vandens, susikloja gulsčia ligi pat žemės. Tumet šienaujantiems padaro nemažai šoros. Užtai, nusekus pavasarį potvyniams, stojus pagadai, atstu pirm šv. Jono subruzda jau sodiškiai po ventas valiuoti.

Rytmetį, saulelei apšvietus pirmais spinduliais viršūnes pušyno, apibėrus žemę spindinčiais burbuleliais rasos, sukilus paukšteliams čiulbėti, sustoję vyrai į būrelį garsiai suvaliavo. Atbalsis dainos atsimušo pušyne, antroje pusėje ligi sodos skleidės meilus garsas. Tas būrelis dar nenubaigė tęsti, kitame rėžyj vėlek užniko ūžti. Kitur dalgiu skambina ir klepnoja. Tokio ūžesio balsas kilo nuo žemės kartu su balta migla, sklido ore, mišo su giesme vivirselio, nusiūžė, nusiskambėjo toli toli padangėse.

Margoji gegelė papušynyj linksmai kukavo ir sukvakėjo. Giliajame Ventos duburkyje pliaukštelėjo lydeka.

Su pusryčiais pribuvo mergaitės, pasirengusios ant darbo. Gaspadoriai su arkliais ir vežimais danginos į pievas, važiojo žabarus kamšoms, kur negalėjo įbristi; vežės iš namų lentas, visokias duris tiltams ir liptams, per ravus dėliojo, taisė takus, kuriuo išvilkti šieną.

Pjovėjai sušilę, suplukę, vienmarškiniai, pasiraitę, nusitvėrę į klėbį dalgkotį, susilenkę brido išilgui rėžio, koja už kojos, nė aplenkdami sausimos, nė pelkės.

Kaip įniršę kareiviai arba kokie galvažudžiai kirto su ašmenimis dalgio, klojo žolę į pradalgę, suko į šalį kaip kokią juostą, tęsė greta, o savo šliūžei skyrė platų kelią. Kožname rėžy du ar trys vyrai eiloj, po kits kito, kinkavo ir kinkavo, visi pavieniui. Netatras pailsęs sustojo, dalgį pasistatęs suskambino, sužvangino, su pustykle per ašmenis sučarškino, kepurę atsismaukęs prakaitą nubraukė, diržą ant pilvo patampė, ir vėl dalgį į klėbį ir vėl kinkavo.

Žolelė dar pastyrusi kioksojo pradalgėj pasišiaušusi, tarytum nenusimananti atskirta jau nuo savo kelmo, nėmaž nenuliūdusi.

Mergikės įkandin vyrų šarpavo kaip bitelės erškėtrožėse, nelaukdamos nė pavytimo žolės, lėkė į pelkę padėliotoms lentoms arba kur pakliūk murdės, brido pasikaišiusios, dumblais susitaškiusios, basos kaip antys, raudonoms kojoms, nebodamos nieko, stūmė su grėbliu pradalgę pagal žemę, sugreibusios klėbiais dėjo varvantį šieną ant velkių; prispaudė su grėbliu, potam užmetė virvelę ant pečių, dabrido iki padėliotų takų. Dakopusios liptus, pasigavo, kuo netekinos lėkė išilgui vilkdamos šėkų valktį už save didesnį kaip skruzdelės. Vilko ant kalvos, vertė į pakūgę džiovinti. Mergos apilsusios, sušilusios šarpuoja; nors kožna savo rėžį verčia, o abelnai išrodo, jog, kits kitai pavydėdamos, grobsto, godėjas, kožna stelgias, kad tik daugiau suglemžti.

Vyrai kinkuoja ir slenka į vieną pusę. Motriškos velka, šliaužia priešingai, į antrą pusę; vilnija kaip varpos, vėjo linguojamos maišos, marguoja žalios plotmos ventų, tarytum baltų žąsų prisklidusios. Taškos po vandenį, murdos po dumblynus, bėgioja, rodos, banda gyliuoja. Saulelė kaitina be jokio vėjelio.

Nebetol jau pietai, nes bobos su lauknešeliais, persižabojusios terbelėms, nuo sodos slenka per pušyną į pavenčius. Ankstybesniųjų būrelis susėdusios pavėsyj, lūkuro, kol išbris darbininkai, ir tarpe savęs šnekučiavo:

– O tai, žiūrėk, kokį valktį Kotrė velka, – rodė viena. – Netinginė, bračeli! Jug čia nevalios jai nėra, o dėlto dirba pašėlusiai, kad bėda.

– Ką gi darys nedirbusi? Kad vyras tinginys, pati tur būti darbininkė; visumet teip yra.

– Neduok Dieve, į kokį sūrų rasalą įkrito mergelė! Kažin, kokia širdis bėr jos tėvų... Tokią dalį paklojo, bračeli! o vaiką įkišo į tokį vargą, tai bėda!

– Motyna, žinoma, gailis prapuolusios dukrelės; mačiau pašventoryj, kaip Kotrė verkdama tėvams guodžiojos. Motyna kartu verkė, o tėvas, girdėjau, sako: „Kentėk, duktau; pasigausi po tėvų smerčio; žemė gera!" – Kentėk, kentėk! – juokės kita. – Kol saulė patekės, rasa ir akis išės. Tokie dar dikti tėvai; marti dar pirma gal kojas pastatyti, besiplėšydama viena su darbais. Motyna iš didelio darbumo, marčią įgavusi, ir rankas susinėrė, pagaliau nebeneša nė pietų: Kotrė, ateidama grėbti, turi atsinešti. Kaži kur įniršo pliaukšti, neėjo dar ėsti:

– Pone Dieve sergėk, kad šįmet išpijo ventos. Pernai šmotą buvo sausesnės.

– Visą šieną gaus savim išvilkti, arklių neįves... Atbodus darbas... Kad bent Dievas pagadą patęstų, išvilktas nesupūtų. Pjovėjai pradėjo žvalgyties į savo šašėlius.

– Kažin, kelinta gal būti adyna? – paklausė vienas iš būrio.

– Adynos dar mat bereikią! – juokės kitas. – Pilvas pervis geriau laiką nurodo... Antai ir nešėjos atvilnija su pietais.

Skambino dalgius, šluostės prakaitą ir palengvui pradėjo po kelis kalvon slinkti. Vienas, brisdamas stačiai, įsmuko ligi juostos, storai susipurvinęs, led išmaujojo. Kitas, eidamas takišiu, į šaką įpliumpėjo, – juokų, klegesio ligi valios. Jaunesnieji užniko mergas velėnoms taškyti, ir tos nepasiduodamos laidės priešais. Potam juokuodami, stumdydamos, mergų valkčius pagrobę arba jas pačias už rankų, išlakino, išklegėjo iš pelkės.

Rinkos visi į būrelius, ieškojo užūksmės, ir nešėjos su pietais išsisklaidė kožna prie savo šeimynos; tie, į rinkį susisėdę, lauknešes pasistatę viduryj, juokuodami valgė. Nešėjos šalyj sėdėjo.

Pačiame įniršime pietuoti tik graustinė turrrurrrur!!! – čia pat, rodos, ant galvos. Kaip tik elektrika užgavo visitelius, sujudo kaip skruzdėlės per skruzdėlyną užkirtus; kožnas nusigandęs žvalgės į debesis. Pamišo ir pietai: kitas pavalgęs, kitas ne. Vieni, pasigrobę grėblius, sausąjį šieną metė į kupščius arba krovės vežimus. Kiti išlakstė arklių atsivesti. Apie pjovimą niekas nebemislijo, puolė tik išdžiovintąjį gelbuoti.

Vingiai teipogi bruzdėjo. Tėvas brizgilais nešinas landė po alksnynus; Kotrė šieną vertė i kūgį; Jonis, atsigulęs ant pilvo, baigė iš lauknešės pieną srėbti. Vežimas prikrautas jau stovėjo.

– Skubėk, Jonel! – skraidino Kotrė – reik apgrėbstyti ir privežti vežimą. Tata netruks arklius suvokti.

– Taigi taigi, kaipgis! vis į mane žiūrit. Taigi, lipk ant vežimo! Kotrė pasistatė šalia vežimo kartį, įsikibusi šoko ant tekinio, potam ant

29

vežėčios, ir užsirito ant viršaus šieno. Atsistojusi šaukė:

– Ko bestovi? Grėbstyk, duokš kartį, skubėk, debesys jau čia pat!

– Taigi taigi, laidyk gerklę!

Jonis atsidėjęs darbavos. Kotrė ant vežimo nekantrybėj degė.

– Kas čia tau yra? Čiupinėkis, antai tata parjoja, mesk virvę greičiau, – skraidino vyrą, pagatava iš kailio išsinerti. Pradėjo Jonis veržti. Kiek patrauks virvę, pakšt nutrūkusi. Sumegs, pradės veržti – ir vėl pakšt, ir vėl čiupinės, kol sumegs. Kotrė uparoj niekur netvėrės. Vėjas jau pakilo šniokšti; sukinėdamos po pakūges, kilnojo nuo žemės šieno pluokštelius; kur sausesni, leidė į aukštą kukuleliais. Žaibai blizga, perkūnija kas kartas trankiau grumi.

– Atpūtnagiau giltinių! – sušuko ant Jonio, – užmesk virvę ant karties, aš pritūrėsiu. Veržk!.. Ir vėl virvė pakšt. Prijojo tėvas:

– Ar dar nepasitaisėt? Lytus jau ant nosies... Kiti jau važiuoja.

– Taigi, kad virvė trūksta ir trūksta!..

Tėvas pripuolė, vadžias pririšo suėmė kartu su virvę.

– Spausk, užgulk kartį, tu ištiža! – šaukė ant Kotrės, – o tu čia! Sukibo abudu veržti, tik kartis trakšt pusiau – kaip spriegs Kotrę nuo vežimo, net kojos pakėžėjo. Laimė dar, kad tropijos ant pakūgės.

Čia lytaus pirmieji lašai stambūs pradėjo jau pakšnoti. Vingiai mato, jog nieko nebebus: skubinai pasikinkę, sukritę nors ant nepriveržto vežimo, be atžvilgos nulėkė namon. Kotrė atsikėlusi apsižvalgė, mažai kas teužtėmijo jos nukritimą, nes kožnas skuba, kožnas savim užsiėmęs, nelabai testebis į kitus. Buvo beeinanti namon, bet galva svaiguliuoja, kojos dreba, todėl lindo į kūgį, nes jau iš tiesų pradėjo lyti.

Kotrė, pakritusi šiene, skaudžiai atsidūksėjo:

– Kas ten manęs laukia... Tokios tai meilės trokšta širdis mano?!. Kad bent būtų prisiartinęs, bent žvilgtelėjęs... Kad teip būčio negyvai užsimušusi – vis tiek, o gal dar pasidžiaugtų?!. Koks tai užmokesnis už mano darbus ir vargus... Bevelyčio varlele šokusi, ne ko į tokių beširdžių nagus pakliuvusi... Eisiu prie tetušelio, apkabinsiu kojeles, bene priglaus mane, bene pasigailės... O ar mačys?.. Sukelsiu tik lermą, ir be to mano broleliai baudžiasi Jonį priperti... O O mačys? Jam širdies neįdės!.. Kuo vilkas gimė, tuo ir karš. Jei geruoju nieko nemačijo, piktuoju nė tiek... Dievaliau, mano Dievaliau! Tokia tai mano laimė! Ir nė mažiausios viltelės nėra pagerėjimo mano būvio... Kotrės karštos ašaros rietėjo. Debesys slinko, lytus retėjo; perkūnija kas kartas toliau grumėjo.

– Bmrrm, kaip nekenčiu tinginių! Bepigu dar, kad jis mane mylėtų, bent vieną žodelį už mane užtartų... Kad bent išauštų kumet geresnė dienelė!..

Pamažu Kotrei skausmas širdies raminos, karštos ašaros vėso, pervargusios akys merkės, rūstūs paveikslai jaukėjo. Siaubė ją saldi šilima, pradėjo meiliai svajoti, glaudėsi su mažu kūdikeliu... ant galo viskas persimainė į sapną.

Vyrai, parlėkę namon su vežimu, stačiai įpuolė į daržinę; belaukdami Kotrės parėjimo, Jonis užmigo. Tėvas, atkinkęs arklius, pavarė į apluoką, pats spruko į trobą. Juokdamos pasakojo motynai, kaip marti nusitelžė nuo vežimo.

– Kotrikės neraus giltinė... Bet tas vaikis galėjo nusigąsti, – pasirūpino motyna.

– Ne toks jisai durnius, nerūpinkis! – juokės tėvas. – Nė skersas nepažvelgė (nepaveizėjo), paliko bedribsanti.

– No, žinai gi, užmigs, by tik pasiliko!.. Pirma kas tai vikrumas buvo, kas tai gašumas, o dabar... į amžiną tinginę pavirto. Negana mat vežimo nebemoka nukrauti, bet ir po namus ištižo kaip konteplė; nebevalosi nė gašavojasi, nosim ardama čiužinėja po sąšlavas ir purvynus kaip amžinoji nevaleika!

– Taigi, ir dabar neparsivelka, nė vežimo nėra kam iškimšti.

***

Šį rudenį kas pasivėlavo su rugių sėjimu, tas prakišo, nes tirštos miglos ir tankūs lytai pralijo dirvas, sunku beįbristi. Vingių paprasta su visais darbais tęsties, todėl ir rugius murdė, taškė į šlapią ir praskiestą žemę.

Tėvas žardienoj taisės eiti vagoti. Jonis, parvesdamas arklius, sustyro, įlindo į duobą. Kotrė klojime vėtė grūdus.

– Ar girdi tu, paduok man pavalkus iš duobos! – šaukė tėvas.

– Jonel, nešk tatai pavalkus! – pašaukė Kotrė.

– Mat šuo šunį, šuo šunį, šunies uodega vikst, – ar ne teip ir čia! Kitą šauks dar, o tu pati ar negali?

– Ar aš per grūdus braidysiu, pasiimkitės patys!

– Ne liežuvį laidyk atsistojusi, bet eik man tujau vagų kasinėti, gana čia betrynioties po jaują.

– Užtai suneškit grūdus, nes kiaulės įlenda per pamatus, negal čia palikti.

– Pasirandyk dar, lygu mes nežinom! Kaip aš liepsiu, teip ir bus, – sušuko tėvas. Kitas vėl dribsos kaži kur įlindęs.

Išėjo ir Jonis.

– Nunešk grūdus į klėtį, tujau eik vagoti!

– Taigi, kaipgis! Braidysiu čia per purvynus! Pabandyk pats nešti, kad teip lengva.

Tėvas, paveizėjęs į grūdus, pakraipęs galvą, tarė:

– Teisybė, sunku savim tempti, verčiau nuvešma vakare.

– Anokia čia ne sunkinybė, – atsiliepė Kotrė, – po pūrelį du kartu suvaikščioti!.. Daugiau sugaišties kinkinėties arklius, ne ko sunešti.

– Taigi, kaipgis! Nešk pati, jei nori.

– Tik, sakau, eik į lauką! – sušuko tėvas, – nerūpinkis su grūdais, dirbk, kas tau liepta.

Vakare sušliurusi, sušalusi parėjo Kotrė, lindo į duobą pasišildyti; čia staiga susirgo: uždegė galvą karštis, kartu šaltis; virpulys, dyguliai, skausmai varstė be paliavos. Numanydama, jog čia nieko nedasišauks, vilkos į trobą.

Motyna pamačiusi iš tolo paleido gamarinę:

– Iškirmėjai jau duoboj, o man vienai žygiai!.. Gatavickė ant išvirtos! Berods skanu paėsti...

Kotrė nusilenkdama ėjo stačiai į klėtį, bet nebenugulėjo; plėšės, blaškės lovoj ir ant žemės ropla slankiojo. Jonis, išgirdęs dejuojant, nusišalino gulti į šiaudus.

Rytmetį jau vėlai atsiminė motyna pasižiūrėti, ko nekelia marti. Radusi ją besiblaškant, tujau suprato, kas do liga; bardamos už nekantrybę, parvarė Kotrę į trobą, pašaukė persimanančią bobelę, siūlė valgyti, bet Kotrė nieko nevalgė, tik verkdama šaukė:

– Jezus Marija! nebedatūrėsiu, susimylėkit, duokit žinią mano matušelei!

– Tylėk, tylėk! – draudė bobos, – nebijok, bus viskas gerai. Motyna išėjusi varė Jonį prie Kotrės tėvų.

– Taigi, kaipgis! Josiu mat aš prie tų razbaininkų Andai karčemoj Cipras kad drožė man į ausį!.. Taigi, kaip nujosiu, gal mane užmušti. Taigi, ko nenuėjos, kol buvo sveika?!

– Tėvai, jok tu, kad teip ana užsimanė.

– Tegul anuos velnias! Aš užkulniškių bijau iš tolo, o dar teip lyna, ar biesas gal joti!

– Nereik, nereik! – tramdė boba, įsimaišiusi į kalbą. – Betarškės Driežienė atlėkusi, bus reikią daktaro ir kašavarkos, visako; o čia ničnieko nereikia, žadėtosios valandėlės tik belauk. Arielkos su žolėms pavirinkit.

– Joni, kaip tu poną Dievą pažįsti, – šaukė Kotrė, – jok tu prie mano matušelės.

Jonis, kepurę užsismaukęs, išdrožė pro duris.

– Gerk arielkos čėrkelę, – siūlė motyna Kotrei, – būsi stipresnė.

– Išgerk, išgerk, – varė boba, – už liekarstą reik gerti.

– Gerkim mudvi po burnelę, sveiks! – ir siurbė abidvi.

– Negersiu arielkos, ne! – gynės ligonis, – man širdis pyksta, kad jūs geriat. Verčiau išvirkit kokios žolynės, mano lovos gale yra cukraus. – Popūtis giltinių! – bambėjo motyna, kaisdama katilelį. – Visų ištaigų reikalinga! Nė man reikėjo tų cukrų, arbatų, nė nieko, o jos opumas, Dieve sergėk! – Tiesa, tiesa, – tvirtino boba, – neturi kantrybės nė už grašį, lygu ne kožnai reik nukentėti. Motynos šaukia, motynos! Ką čia ana priduos mumis tik bemuštravos. Gerai ir darai, tetušeli, kad neklausai joti. – Niekas ir neskubės pildyti jos užgaidus. Sveiks! Siurbstė sau tėvai su bobele šildytą arielkelę. Jonis knarkė duoboj įlindęs. Kotrė galavosi, viena verkė, šaukės matušelės, bet niekas jos nepasigailėjo. Ant nakties prisitelkė daugiau bobelių, – visos išmanančios, visos gelbuoja, visos arielkelę siurbsto ir žadėtosios valandelės belaukia. O Kotrei kas kartas blogiau. Gaidykste jau ir bobos nuliūdo, ir tėvas žadėjo, kaip išauš, jeigu nelis, duoti žinią tėvams. Rytmetį visos bobelės išlakstė.

Matušelė, per svetimus žmones nejučioms dasiklausinėjusi (dasižinojusi) Kotrę sergant, atlėkė vienoj plūdėj arkliai. Įpuolusi į trobą persigando: nebepažįstama dukrelė, sutinusi, pamėlynavusi, užšalusi ciela numirėlė. Ūžniko matušelė klykti, barties ant tėvų ir žento, ko laukė taip ilgai nevežę daktaro arba nedavę jai žinios. Išgrąžino savo arklius atgal prie daktaro, liepė vaikui lėkti, kaip tik įšoka. Kotrė pažino savo matušelę, prasidžiugo, apsikabinusi verkė:

– Do...ve...no...kit!.. – led beišdaužė paskutinį žodį. – Brolelis Kotrės gal puskelėj tebebuvo nuo daktaro, kaip jos dūšia iškeliavo iš šio svieto... palikdama didelę pasogą, kraitį, gyvenimą, gerą žemę, geruosius ir piktuosius tėvus...

1896 m.

Petras Kurmelis

Rytmetį, bešvintant aušrai, tiršta migla apdengė visą pasaulį teip storai, jog tekančios saulės spinduliai nebepersimušo ligi žemės, skleidės ten pat padangėse, anopus miglos, todėl rytmečiuose truputį šviesesni ir baltesni buvo debesys. Migla, kybodama ore, šakas ir lapus medžių teip sudrėkino, jog menku vėjeliu pakrutinti medžiai bėrė stambiais lašais gulintį ant lapų vandenį. Aukštai kildamas didesnis vėjas gainiojo ir skleidė miglą. Viena, žemyn guldama, sušlapino ir be lytaus aplijo visą paviršę žemės stora rasa; kita, kildama aukštyn, virto į debesis ir sklaidės po padangę. Kur ne kur truputį praskilo; pro tas plyšes spyktelėjo spinduliai ir vėl užsitraukė. Maišės, stumdės, lėkė, lėkė padangiais stori mūrai, o apačioj saulės balo ir kas kartas plonėjo. Saulelė iš pradžios nuoga, be spindulių, balta ir prigesusi, tarytum mieguosta, žioruodama per miglą, pamažu kilo aukštyn; potam, praskleidusi debesis, drąsiai kvėpė auksuotą šilimą ant blizgančios rasotos žemės. Visa padangė nusipraususi vėsioj rasoj linksmai nušvito.

Žmonės džiaugės gražiu rytmečiu šventės žolinės. Kur tik kreipsies arba akį užmesi, visur numanyti šventė. Po laukus žmonių nė gyvos dvasios; užtai keliai ir takai pilni, būrių būriai kaip vilnyti vilnija: pėsti, raiti ir važiuoti, pralenkdami kits kitą, skubėjo visi bažnyčios linkan. Kožna motriška su žoline kaip su šluota rankoj, suskinta visokių žolelių, žydinčių darželyj, ir visokių lauko žolių. Kur prie senesniųjų, mažne kožnoj žolinėj riogsojo išsiskleidęs piktdagis. Pilnas jau šventorius, pilnas miestelis svieto; špitolės kieme ir pašventory pilnai pristatyta vežimų, o vis dar tebeeina ir tebvažiuoja keliais, tarytum nė gyvos dvasios nebeliko po kiemus ir sodas – visi sutvino į bažnyčią. Ant galo jau vežimai retyn, bet ir vietos apsistoti kas kartas mažyn. Dar vienas atvažiavo ir apsistojo pašventory; vežimelis dailus, naujitelaitis, širva riebia kumele pakinkytas, susisėdę vyras su pačia ir poras vaikų ant kojų. Boba išlipo, vaikus iškilnojo, drobužiukus jų nupurtino nuo šapų, aptaisinėjo; žolinės kotą, katroj piktdagis kėksojo, suvyniojo į nosinę, kninga antroj rankoj, ir nuėjo į bažnyčią; vaikai, įsikibę į skvernus, nubėgo kartu. Vyras pasilikęs taisės ir šėrės kumelę.

– No no! Kad ir dėdė įsitaisęs gražų vežimelį! – tarė prieidamas jaunesnis vyriškis. – Naujitelaitis, ką tik nuo adatos, – pasilenkdamas žiūrėjo. – Pirkai ar dirbinai?

– Argi nepažįsti Petro Kurmelio darbo? – atsakė pirmasis.

– Ką čia gali pažinti. O kas kaustė?

– Ogi jis pats. Kam jis apsiima padirbti, tai jau viską nuodaliai padirba ir apkausto, tik sėsk ir važiuok.

– Kad nagai, tai nagai!.. – gyrė Zolys čiupinėdamas. – Jug tai mano artimas giminaitis – jo motyna Zolaitė. Bet kaip įsimušo į bagotystę, nebegiminaujamės – žinoma, aš biednas...

– Et, neteisybė! – sporijo Gorys. – Prie jo nėra nė jokios didystės, nebent gaišti nenori tumet, jei nešnekas su kuomi. Kiek jis turi prisidirbęs šėpų, skrynių, šlajų, brikų... Neimtumei už keletą mažne šimtų.

– Giminaitis tavo ar ne, bet tikrai išmintingas ir darbininkas vaikis. Bėda tik jam dabar, kad matušelė čyst pasilpo: paliks nabagas be gaspadinės, jau ir dabar kaipje neturįs. Senikė mažai belipa iš lovos, būk daktaras nebeapsiimąs išgydyti.

– O ko jis lankė šio laiko neapsižanijęs? Būtų beturįs gaspadinę! Arba dabar turi subrusti. Ko neperši, dėde? Ten pat esi artie. Tumet nebe laikas lakstyti, kaip jau nė kokios nebeliks.

– Et! – pamojo Gorys, – piršau keletą, bet jis vis kaip atbulas ant tos ženatvės; kokią tik papiršk, rodos, ir doras linkėjau... niekaip negali tropyti, vis tai šis, tai tas jam netikęs, o nė prie vienos nuvesti neduodas; nesuprantu, ką jis mislija. Šit ir jo bėrukas: mat raitas atjojęs; privesk ėmęs prie mano vežimelio, – teėdie!

Zoliui blyktelėjo mislė per galvą, padūmojo savy:

– Žinau, ko jis ieško: aš ančtiksiu.

– Pasenterėjo vaikis ir paliko angus ant ženatvės, – tarė Zolys, rišdamas arklį. – Visada, kol jaunas neapsižanija, senesniam jau sunku prisirengti.

– Tai bėrukas, kaip mūras arklys!

– Oo! Kokie jo visi gyvoliai!.. Tai myla, malonu. Begalinę turi pavadenką, viskas aniems kaip rūgti rūgsta: nutrauks veršius – nors nė nuo šalies neeik; kumeliai – kaip staininių, arba paršeliai antai kaip iš pieno plaukę. Kas žino, matušelės tai ranka ar teip ir Petrui seksis? O kaip dabar, tai gyvenimas kaip rietėti rieta. Žinoma, prie to ir prieveizos reikia.

Užėjo suma, visi žmonės iš pazomačių sulindo į bažnyčią; po kozoniaus sušilę, suplukę skubėjo, grūdos laukan, pavėsy ieškodami atgajaus. Petras Kurmelis, teipogi iššspiritęs iš bažnyčios, šluostės nuo kaktos prakaitą. Vyras jau sumitęs, aukštas, stambus, truputį susimetęs į kuprą; rankos kietos kaip gelžinės, sutrintos, pajuodusios nuo darbo; plaukai ir uostai juodi, veido bėro iš prigimimo, o nuo saulės nudegęs išrodė dar juodesnis; akys mėlynos, truputį jau įdubusios ir apsirukšlėjusios nurodė nebe pirmąją jaunystę. Senovės drobužiai apstūs, apdribę dar didžiau jį senino. Balakonas rudo milo, kelnės ir šalbierka languoto čerkaso, batų aulai sulig keliais, dideli ir stori, po kaklo skepetukas storai pagumūturtas, kepurę plačiausiu viršu rankoj nusitvėręs. Ėjo sunkiai dideliais žingsniais, rodės

kojų nepavelkąs. Zolys prisiartinęs, pasitraukęs jį į pazomatį, ėmė rokuoti:
– Girdėjau, Petrali, prastas naujynas, jog tavo motynelė pasiligojo.
– Suvisu prastos, – atsidūksėjo Petras. – Prastos, o ką darysi. Nuo
Dievo valios neišbėgsi.
– Prisieina jau tau, nabagai, žanyties. Ne Dieve numirtų, kurgi dingsi
be gaspadinės palikęs? Verčiau lig iš laiko pasiskirk kur turtingą mergą, kur
su keliais šimtais, tai bent pajusi, – nuoširdžiai kalbėjo Zolys. – Nors ir
pliką paimtumei, žinau, jog gyvensi, bet vis pačią reik pačios vietoj laikyti,
ta mergos vietos nebeužims. Turtingą bent gi turėsi už ką užlaikyti. Nors šį
kartą apsitenki su savu, bet ilgainiuo gali prisieiti labai juoda diena – O
tuo tarpu ir palūkos ne pro šalį.
Patiko Petrui Zolio patarmė, net akys jam atšvito.
– Teisybę, dėde, kalbi, teisybę, – tarė Petras. – Aš ir pats teip dūmojau.
Bet kame šioj gadynėj tie šimtai bėra? Visi nuplikę, prasiskoliję, nė prie
vieno kišenėj pasiutosios kapeikos nerasi.
– O dukterys išrėdytos dėlto kaip lėlės, – pridėjo dėdė.
– Ženyties zgaunai reikėtų, nežinau kaip versties...
– Jei manęs klausysi, – tarė Zolys, – aš tau veikiai priteiksiu. Nors
nelabai straini, bet piningų kaip įklotų gausi.
– Susimildamas, kame teip užklumpei? – klausė Petras.
– Ogi mūsų medininkas Kupstys supelėjusių turi gumaškų. Kiek jisai
skarbo prisikrovė iš pono miško! Kiek tų rąstų arba aktainių sulindo jam į
kišenę. O niekur grašio neišleidžia: mergos nerėdo, maisto vėlek neperka.
Vienas puspūrelį, kitas uždaro sklypelį... Kožnas meilija, kad miške jo
nematytų, o medininkui vis nė pro šalį... Kupstys gudrus – nešlovinas. Bet
man andai sakė: „Kad mano Marcikei kur dorai atsitiktų, sukrapštyčio ligi
penketos šimtukų." O dar sūnūs jo tokias brangias algas ima po dvarus, –
ir tie mestų seseriai po keletą dešimtų. Jei nori, tujau išperšu: ten merga,
nors ne garsi ir be kraičio, bet storai pininguota, tikrai geras kąsnis – ne
vienas galanda dantis, ir tau bus ne pro šalį.
Atminė Petras matęs Marcikę arklių ieškodamas: miške nejučioms
užkropęs besivaliojančią uogose... Atminė, jog stora, raudona, dikta merga,
tik be galo juodais marškiniais buvo apsivilkusi. „Tai niekis, – pamatysma
toliau."
– Piningus pirm šliūbo atiduos, žinoma, slapta, – tęsė toliau Zolys. –
Nė užrašo nė kokio nereikalaus – prisivengia pono. Pabuvęs dar keletą
metų medininku, sukrautų dar antra tiek. Potam priimsi senius nukaršinti
– jums ir visi grašgaliai patapės. Ir tai bus ne pro šalį.
Petras dūmojo. Zolys patyliais šnekėjo:
– Ogi su mišku – kokį turėtumei kirtį!.. Kupstys svetimam nelabai

tebranginas, o kaip žentui – tai vežtumi ir vežtumi, kiek tik arkliai valiotų: prisitiektumei medegos cielam amžiui, liktų dar ir vaikams. – Patyliais dar tęsė: – Miško vogti nė kokio grieko: ponas ano nelaistė. Dievas visiems užaugino. By tik niekas negaudo ir neštropuoja – kirsk, kiek tik bevalioji. Zolio kalba labai mėgo Petrui. Kol tik mišparai pasibaigė, Zolys be perstojo šnibždėjo girdamas gerą kąsnį, o Petras dūmojo apie šimtus ir apie veltuo kertamą mišką. Po visam, einant per miestelį, mergos kaip tyčioms painiojos jam po kojų; nekurios juokdamos kybino:
– Petrai, lekiam namon!
O Petras ėjo rimtai, nes neturėjo mados rodyti dantis su mergoms. Nesijutęs užklumpė pakarčemyj Zolį su Kupsčiu. Zolys vedės Kupstį ant alaus, kartu nepaliko nė Petro. Tas, nors atspiroms, bet turėjo dėdės klausyti. Vičvienaitę skleinyčią teišgėrė Petras, bet Zolys beveizint suderino anuos, ir Petras prižadėjo šį vakarą pat pribūti su Zoliu į jo namus.

***

Važiuotieji, raitieji ir pėstieji vyrai šen ten gaišavo, o pėsčiosios motriškosios visų pirma išsipylė ant namų, – vėlek kaip nuo ryto traukė ant bažnyčios, teip po visam būriais grįžo ant namų. Tebebuvo dar laikas – saulė ką tik iš pietų iškrypusi, todėl ir mergikės neskubėjo keliauti. Susirinkdamos po kelias, ėjo juokuodamos. Užginė kitą būrelį, kelyje toliau užginė dar daugiau, pasidarė didelis būrys. Šnekėdamos, klegėdamos pasakojos, ką katra šiandien bažnyčioj ar miestely užtėmijo.
– Ir Petras Kurmelis šiandien teip švytrauna, – tarė viena. – Turbūt jau mėtrigauna žanyties?
– Anoks nešvytravimas! – juokės kita. – Kaip tik atmenu, vis tas pats jo rudinis balakonas, dryžinė šalbierka...
– Musėt ir kepurė žieminė?
– Kaipgis, ir batai veltiniai! Ka, ka, ka! – juokės visos.
– Juokitės, juokitės, – tarė už visas senesnė, – o kožnos širdelė tvaks, tvaks, tvaks, kad tik kaip galėtų jam įsisiūlyti.
– Nėra ko tvaskėti nė siūlyties: jis ne mūsų nosiai, mergaitės.
– Mūsų ar ne mūsų, o ar žinot, mergelės, jog aš už jo ir neičio. Kaip jis yra man širdį paėdęs! Pūsta jo turtų, verčiau už plikiausio vaikio!..
– Jaugi tu prie anų tarnavai? Tai jau gerai pažįsti.
– Paėdė gerai man širdį: amžinieji bambekliai. Tokia motyna, toks ir Petras. Žingsnio nemokėsi pažengti nė nieko padirbti: vis neviežlybai, vis negerai, niekuomi neįtiksi!..
– Toks, rodos, kūtvaila, kaip ir Petras, o mat užsilaikyti nori viežlybai. –

Dieve sergėk, kaip viežlybai! Tur būti visur iššlavinėta, išdulkinta... Kožną rytą turi apsivalyti, kaip prieš kalėdininkus; biškį kas nepatiko, tai bambės kaip ubagas kruopus pabėręs. Neduok Dieve pačiai tokiam pakliuvus! – Bepigu su tuo. Duokit man tiktai Kurmelį su jo gyvenimu, pamatytumit: visi pašaliai būtų kaip stiklas ir jis pats kaip skripyčia vaikinas.

– Nebijok, pasivaipytumei dar gerai su juomi: jam nepakakinsi baltų marškinių – čia apsivilkęs, čia vėl susipaišęs; pats vėlek prausis ar ne, vis tiek juodas do juodas. Tokį dar ir apvalysi? O prie viežlybumo pašalių daugiau motynos išmislai – kad niekur šapelio nė dulkelės nebūtų, arba indo niekumet netropysi kur pastatyti – vis ne vietoj ir ne vietoj. Petras teip pat nuo motynos paprato – nė jam niekur neįtiksi. Ką tu, žmogus, išpasakosi! Prie virimo, prie valgio ar prie indų tai šis, tai tas – vis netikęs: turi prisikabinti, turi pabambėti. Tegul anuos šimts! Paėdė man...

– Nė man teip paėdė, nė nieko, – tarė graži mergikė, ką tik jas pasivijusi. – Metai mažne baigiasi, o dar blogo žodžio negirdėjau nė nuo katro. Kaip tik padirbsi viską kaip reikia, niekas nė žodžio nesako. Amžius galėčio teip būti. Ir motyna mano daliai labai gera: šįryt viską apėjus išleido į bažnyčią, pasiliko viena. Tik, žinoma, reikia susiprasti, nevėluoties, – lekiam greičiau!

– Nė man nepaėstų: būtų kaip šilta vilna.

– Je je, dar tas šykštuklis ir būtų? Ant duonos kąsnio, miltų saujos virpa, dreba... O kapeikos nė su mietu neišmuštumei iš nagų. Toks tau ir būtų „šilta vilna". Amžini nevierionys: vis mergos vagiančios, vis ėdančios! Raktai nekrinta iš kišenės: rodos, kad kožnas vogti tetyko. Labiau ta motyna: skūpičelka, pagatava iš vaško išsukti... Daboja, kad tik mergos kąsnio nepakąstų! Iš pašėlimo ir pati ant uodegos atsisėdo!

– Mergelės! – atsiliepė kita, – jug gaspadinė namuose ant to yra: priveizėti šeimyną, tausoti duoną ir uždarą. Užtai visiems neįtiksi, prisieina kartais su šeimyna ir susibarti. Kurmelienė visoms gaspadinėms gali būti paveikslu.

– Tausojo, tausojo naudą visą amžių, riejos su mergoms, kas iš to? Nieko į grabą neįsidės, kita parėjusi besilaitos!

– Ir kita parėjusi seks jos pėdas, ir bus gerai.

– Kas žino, Petras ieškos didelės dalies, o su šimtais parėjusi, kaip sau norit, mergelės, nebus tokia butos krukis, kaip matušelė.

– Argi tu, Jane, negali kaip prisivilioti Kurmelį? Kad teip aš būčio tavo vietoj prie jo, už sykio būtų mano!

Janė prasijuokė ir truputį užsidūmojo; potam abidvi ėmė patyliais šnibždėties.

– O teip! – tarė kita. – Nė po šiuo, nė po tuo, katra Kurmeliui paklius, įkris kaip inkstas į taukus, ir gana! Kad tik bagota būčio, pirma vieta man būtų.

– Kur čia ne tau ar ne man! – juokės kita. – Kojas nuaučio, burną nuprausčio, valgyti duočio ir pabučiuočio...

– Ka, ka, ka! – juokės visos. – Kad ir tokį juodą?

– Gana mums besivaržyti Petru: ne mūsų panosei, ne mūsų! Pamatyste, kokią kvarkliuotą parves: neatbos nė jo senumo, nė juodumo.

Turėjo baigties jau kalba, nes priėjo prie sodos ir pradėjo skirstyties kožna į savo butą.

***

Petras, parjodamas namo, apsistojo savo ganykloj, nubalnojęs arklį, paleido prie kitų; pats balnu nešinas parėjo namon. Į tuos jo namus linksma buvo pažiūrėti. Kožnas galėjo pasidžiaugti, toks visur gražus taikumas: visi pašaliai, rodos, žiubėti žiubėjo; visi budinkai aptaisyti, kiti naujai dengti; sodnelis žiogriais aptvertas, kiemelis iššluotas, troba naujai apipieryta, ant stogo kaminas, ir langinyčios nubaltintos. Niekur nematyti nė jokio padargo pamesto, nė ant tvoros nė kokio škarmalo. Petras nešė balną į klėtį, rado užrakintą; padėjęs ant lipinės prie klėties durų, atsistojęs kiemely žiūrėjo į obelių šakas sodnelyj, apkibusias raudonpusiais vaisiais – turbūt tėmijo, ar visi tebėra obūliai. Dar sykį apsižvalgęs, šunį paglostęs, įėjo į vidų.

Troboj aukštoj, šviesioj, teip pat pašaliuose viežlybai suolai ir stalas baltiteliai nušveisti; asla iššluota, sienos išbaltintos, visur tuščios; apart kelių paveikslų ir Dievo Mūkos gale, nė jokio drobužio pakabinto, nė jokio škarmalo, nė indo no kerčias; visi pasuoliai išvalyti. Oras čysčiausis, nes pro galinį langą atdarą prikvepusi troba razetoms iš darželio.

Motynėlė gulėjo lovoj apsidariusi, išrodė ką tik atsigulusi ir užmigusi. Petras, tykiai duris uždaręs, nusivilko balakoną, pakabinęs ant gembės, palengvuo atsisėdo ant suolo priešais lovos, pasirėmęs ant stalo, žiūrėjo į savo matušelę. Nublyškusi, net mėlyna, įdubusios akys, užsimerkusi, įsikniaususi baltitelėj poduškoj, susirengusi gulėjo, o ranka ištiesta ant šono teip balta ir mėlynoms gysloms sumarginta, kaip tikro numirėlio; kojos teipogi baltavo iš po drobužių; pūškavo sunkiai, kartais truputį sudejuodama. Petras, bijodamas pabudinti, tykiai sėdėdamas dūmojo:

– Kiek ta rankelė yra prisidirbusi, kiek grašio sukalusi!.. O tos kojelės! Kaip tik atmenu, tupinėjo ir tupinėjo. Visi takeliai kruvinai numynioti, viską ir visus paliks. Valia nevalia – reiks kitą į jos pėdas statyti... Be motriškos negali, anos moka iš menko nieko grašgalį sukalti. Vyrai... kaip ir aš, rodos, dirbu, nesnaudžiu, o piningų kaip nėr, teip nėr. Teip stelgsiuos neišleisti, tai šen, tai ten, žiūrėk – ir nebėr keletos rublių. Kad teip keli šimteliai ant palūkų!.. Gerai Zolys sako: ,,Ne pro šalį...'' O suma vis ciela... Ir ta medega pašėlusiai kaštuoja! Kol ką padirbęs parduosi, o čia pirma užmokėk. Dykai gavus, galėtų dirbti ir dirbti. Vis naujas būtų grašis – galėtų smoką išmanyti... Matušelė be galo gynioja mišką vogti; kas gi kaltas, kad tetušis iš to mirti gavo... Kam teip drūktą vogti?

Mergikė, pajutusi Petrą parjojus, įnešė pietus ir, padėjusi prieš jį ant stalo, išėjos pro duris. Petras valgydamas vis žiūrėjo į matušelę ir dūmojo:
– Kokia jos bus širdis, pamačius kitą savo vietoj. Seniai liepia žanyties, ir nebegali laukti. Vienas niekaip negalėčio sukties. Zolys gerai išmano... kaip čia reik pradrįsti jai sakyti!

Motynelė, nepasijudindama pravėrusi akis, pažiūrėjo ir, vėl užsimerkusi, tarė:
– Jei nori pieno, šitai kamaros raktas. Liepk Janikei įnešti arba verčiau eik pats kartu: merga viena besmailižaus. Neįleiskit katę, uždenkit puodą, kad žiurkė neįkristų.

Truputį pakosėjusi, vėl tykiai gulėjo. Petras vėl dūmojo:
– Žinok tu, žmogus, visas atsargas nuo mergų, kačių ir žiurkių! Reikią pieną daboti... užteks man batvinių. Janikė gudri, neleisiu į kamarą. Į klėtį, žinau, kad negali nė vienos leisti: vilnos, linai, sruogos... visur pairai... Ne Dieve greitai numirtų, kaip čia reikėtų apsiversti?.. Vot, ir daktaras kelis rublius kaštavo, o nieko nemačija, kas kartas menkyn. Lovelėj gulėdama viskuomi dar pasirūpina, o kaip užmerks akeles, kas man beveizės?.. Reik žanyties. Ne, išgama, ne vaikas būčio, vesdamas kitą ant jos gyvos galvos! Gal dar nors truputį pagerės? Paspėsiu...

Petrui pasidarė kaži kas nesmagu, batviniai neskanūs, duonos nuryti nebegali. Paėmęs raktą, torielka nešinas išėjo pieno; įėjęs į kamarą, nebeatminė, kuomet čia bebuvęs: žvalgės kaip svetimame kambary. Eila puodų sustatyta asloj, visi uždangstyti baltoms puoddangtelėms. Lauknešė su sviestu užkleta balta skarele, gale – lentyna apdėta sūriais, ant girnų – puodai su kruopais, geldelė su užkulu, palubyj kartelė parišta su kilbasais ir pora palčių lašinių kybojo. Žvalgės atsistojęs: neįmanė, iš katro puodo pilties ir kaip susitaisyti pieno.

– Kas čia kamaros duris varsto – bene Cimbalis? – sušuko įbėgdama Janikė.

Mergaitė skaisti, jauna, švelniai kaip šventė apsidariusi: kvartūgelis ir marškiniai baltitelaičiai, liemuo staniku suvaržytas, drūktos geltonos kasos dailiai sušukuotos, mėlynos akys kaip vaivorai linksmai blizgėjo; kartu tankiai rodė dvi eilas smulkių dantukų. Aiški, raudonpusė mergaitė kaip žemuogė.

– Pieno nori? – klausė juokdamos. – Duokš torielką, sutaisysiu žinau, kokį čėdiji.

Paėmusi šaukštą, sėmė iš vieno puodo iš galo, iš kito nuo viršaus, pyliojo. Pritaisė. Padavusi Petrui torielką į rankas, tarė:

– Palūkėk tamsta čia dar valandėlę, pasisemsiu vištelėms lesti.

Uždangstė atgal puodus, išbėgusi įsinešė rakandelį, įsipylė kruopų, į kitą indą antelėms miltų, sukos, lakstė, išvarė katę, užrakino kamarą, atiduodama raktą, pažiūrėjo Petrui stačiai į akis ir šposingai nusišypsojo. Petras pasistebėjo į ją, kaip būt pirmą kartą pamatęs. Gal ne kasdieninis apdaras ar toks smailus pasižiūrėjimas arba nepaprastas nusišvpsojimas teip jam įsmego giliai į akis, jog sugrįžus į trobą valgant vis Janikė akyse stovėjo; norėtų dar sykį pasižiūrėti tankiai žvalgės į duris, bene įeina.

Saulelė jau gerai iškrypo iš pietų. Petrui parūpo kelionė pas Kupstį, nes numanė, jog Zolys laukia jo; o čia matušelė nėmaž nenori su juomi rokuoties. Pavalgęs dybsturo, apsivilko balakoną, pasistatė lazdelę, kas valandėlė žvelgdamas į lovą. Staiga užsikosėjo matušelė, šokos lovoj ir, nieko nesakydama, parodė su ranka į atdarąjį langą. Petras prišokęs uždarė. Perėjus kosuliui, Petras ėmė motynelei, nors ne viską, pasakoti, ką šiandien girdėjęs nuo Zolio ir kur žadąs eiti. Matušelė, pamojusi su rankele, tarė:

– Žinokis, vaikaiti! Nebe jauniklelis beesi, išmanai dėl savęs geriau, o man vis tiek: nebe ilgai, man rodo, bepateksiu. Gal nepakyrėsiu nė marčiai. Neturtingų tėvų, vargo mačiusi mergelė gal būti darbi ir prieplaiki... Pasižmonėk dėl viso ko, pamatysi toliau...

Buvo beišeinąs, matušelė vėl atšaukusi tarė:

– Pasakyk Janikei, tedabojie sodnelį: mačiau pirma – Juzukas nukritusį obūlį ir bekrapštąs per žiogrį.

– Et, dėl to obūlio! – pamojo Petras.

Išėjęs į kiemą, pamatė balną ant lipinės, grįžo dar rakto; nepaspėjo klėties atrakinti, vėlek prisistatė Janikė.

– Gerai, kad tamsta pasisukai į klėtį, – tarė: – pasiimsiu, ko man reik. Gal tamsta greit nepareisi. Mama guli...

Ir vėlek švypsodama nevatnai pažiūrėjo jam į akis; o čia kartu sukos: sėmės paršeliams grūdų, kiaulėms miltų, večerei miltų. Teip šarpiai lakstė ir darbavos, net širdis Petrui džiaugės.

– Kaip ana viską atmena! – dūmojo. – Kad tokia sugebanti slaugytų matušelę ligi smerčio, o mane per visą amžių...

Kaži koks saldumas užėjo jam ant širdies, ėmė ukvata apsikabinti Janikę ir sakyti jai:

41

– Saugyk ir mylėk mane ligi smerčio... ir aš tave mylėsiu, mylėsiu...
Buvo jau besiekiąs... Staiga vėl pašoko mislė:

– No, tokių pilnas kerčias privaryčio... Zolys išmano: „Su šimtais bent gi bus už ką ir užlaikyti..."

Užrakinęs duris, rūsčiai tarė:

– Nevėluokis večerę, rytoj ne šventė. Jonas teeinie gulti, arklius aš pats suveizėsiu. Tė, įnešk raktą! Janikė, imdama raktą, vėl kaži kaip šposingai pažiūrėjo į akis ir prasijuokė. Petras nusisukęs nusispjovė ir, eidamas toliau, kraipydamas galvą, dūmojo:

– Turbūt ana žino ar numano, kur aš einu. Mergos gerą turi uoslę, ir dar tokia gudri... Bet ir graži! Be reikalo kitur baldaus: būtų gera, pašėlusiai sprauni. Mamaitė sako: „Pasižmonėti dėl visako.." Tos niekas nepagaus, parėjęs teberasiu.

Negalėjo niekaip kitur mislės atkreipti, nes Janikės akys žydravo priešais, o tokio prasijuokimo jos niekaip neužmiršo. Vėlek nusispjovė.

– Kad teip nebeeičio? – pamislijo. – Kupsčiui prižadėjau... Zolys vėlek rūgos už pamelavimą... Eisiu, pamatysma toliau, bene gvalta įbruks mergą?.. Jei netiks, valia rankas pakratyti. Užteks tos pačios. Merga do merga, o šimtai vis ne pro šalį....

Krustelėjo, nes išgirdo balsą šaukiant: „Ko teip vėluojes?" Zolys puskely jau belūkurąs. Toliau ėjo kartu vis šnekėdami apie šimtus, palūkas, veltuo kertamą medegą; tokios kalbos užtrynė ir Janikės paveikslą.

**

Pas Kupstį troboj kaip tik dorame kiaulininke: žema, tamsi, surūkusi – tai niekis, bet nėmaž neapvalyta. Langeliai seni, maži; tie patys apkerpėję, musėlių numarginti – matyti, niekados nešluostomi. Palubiais vortinklės net per nosį braukia; iš aslos sąšlavos ką tik į pasuolius išblaškytos, dar ir pridulkėjusi lova juoda ir sujauta; pasieniais prišnerkšta nereikalingų škarmalų ir šukių. Stalelis bulbių lubenomis aptukęs. Nepripratęs prie to Petras suraukė nosį, bet atminė priežodį, jog auksas švita ir pelene. „Tai niekis, – pamislijo, – pamatysma toliau."

Kupsčiai svečius grobstyti grobstė, labiau pati, lakstydama aplinkuo, lakštavo kaip meleta, nebeįmanė, kaip nuteikti, kaip bemylėti. Zolys, suvokęs Marcelę, įsivedė į vidų. Petras net nustebo: čia nė kokia Marcelė, bet ciela jau Marcė! Augalota, stambi, kaip terliūzas merga; matyti, staiga išdrėbusi į stuomenį, nes ir drobužiai jos ankšti; į nažutkelę led įsispraudusi, kuo nesprogsta, rankovės led už alkūnės, o teip aptemptos, kaip pavalkų dešros. Galva plaukais apsipešusi, paviršiais truputį sudailinta. Sijonas teip patrumpėjęs, jog nedengia nė apyjuodžių basų kojų, o tankiai ir stibinai pasirodė.

Zolys šnekino, lagino Marcelę, o ta, galvą nuleidusi, paniūroms žiūrėdama, vypsojo.

– Ką čia tamsta šnekini? – tarė motyna. – Vaikas nedrąsi, mažai kas prie mūsų užeina, nepratusi su svetimais; labiau vyrų drovis, nedrįsta nė išsižioti.

Petras nelabai testebėjos į mergą, nes turėjo ligi valios kalbos su tėvu apie ūkę, prekę javų, uždarbes po mišką, rankdarbystę savo ir teip toliau.

– No, gerai! – sušuko Kupstys. – Tamsta viską dirbi, o aš medegą statysiu. rago medegos; kur dėsi, čia tiks. O jei norėsi stačių, pasiskirdamas prisikirsi, kas tik patiks... Bepigu, geram žmogui gali priteikti be kapeikos.

Zolys, prisivedęs Marcę arčiau stalo, merkė ir merkė Petrui šnekinti mergą. Tas led sumojo paklausti:

– Ką dabar darbuojies tamstalė?

– Begu tamsta nežinai? – užsišoko motyna. – Jog motriškos darbo nėra ko parodyti; nors nedidelis mūsų gyvenimas, o darbai vis tie patys; plasnos, plasnos kaip plaštakė apie apyvoką, gyvolelius, o ir stakles vakar teišmetėm, buvo ir austi vieną kitą galelį. Aš nebepaslenku, tėvas po mišką, visi darbai jai vienai.

Tėvas tuo tarpu, prisitraukęs Zolį, prižadėjo dvi aktaines medžių, kad tik kaip norint supirštų.

***

Pavakarop Kupstys palydėjo svečius, o motyna su Marce, pasilikusios troboj, sporijos:

– Beprote tu, paršeli! – vaksijo motyna. – Tu nieko neišmanai, kokia tau laimė atsitinka! Kas tau bus do bėda? Viso pilnas gyvenimas bene rūpės darbą dirbti arba vargą vargti? Atsisėdus sau kaip poni mergas bevarinėsi.

– Gali sau pati eiti, kad teip tinka tas persenėlis, pajuodėlis! prorėksmais murmėjo Marcė. – Pūsta jo turtų ir gyvenimo! Nenuvaryste manęs už to kūtvailos, kad jūs nesulauktumit! Tarsi negausiu jaunesnio?

Tėvas pareidamas nugirdo Marcės kalbą, ir tas užniko barties:

– Parka tu, paršeli!.. Dar tu išnevėžiosi tokį žmogų! Tu jo vyženos nestovi. By tik tave imtų, rankas, kojas nubučiavusi, gali už jo eiti!

– Gali, gali, kad nori pats keliauti! – rėkdama barės Marcė, – o mane po gvalta nenuvaryste, ir gana! Stačiai sakau!

– Ar tu dar zambatysi? Tuoj nugarą išmangūrysiu! Neužteko dar tau aldadra, aldadra po mišką be jokio darbo! Kaip pakliūsi į vyro nagus, išpers kailį, kaukdama imsies už darbo!..

– Papūskit į nosį! Pėrimu dar mat baugins! Verčiau eisiu ir pasikarsiu!

Tai sakydama, Marcė spruko pro duris, nes nužleibė, jog tėvas pančio graibstos.

Marcė drožė stačiai į mišką. Motyna, žiūrėdama pro langą, perspėliojo tėvą:

– Kam teip reik gandinti vaiką? Gali į ligas išvaryti; eina antai stačiai į mišką. Kad teip rastumei ant šakos betintaluojant?..

– Nebijok, netintaluos... Pranukas nutrauks! Beslankioja, žinoma, po mišką...

– Ka, ka, ka! – juokės motyna.

Tėvas tęsė toliau:

– Pone Dieve sergėk nuo tokio prijunkimo to vaikio! Vis čia prisigulęs su savo arkliais; o ta ar ne velnias? Kaip tik birbynę jo išgirdo, žiūrėk – ir belekianti... Būčio seniai Pranukui strėnas nuleidęs, tyliu tik kantrybėj... Kaip dvaro šunį, žinoma, reik lenkti... Bene nusikars už vyro, paliks tas plikis bevypsąs...

– Tik nebaugink teip pašėlusiai! – tarė motyna. – Gerai vaikas sako, jog ,,nenuvaryste per gvaltą..."; verčiau geruoju glaboti, o Kurmelį įpainioti su mišku. – Ant to manęs mokyti nereik – tropysiu! – pamojo tėvas. – Marcikę iš pradžios kad ir pabauginau, nevodys, o tu žinokis, įkalbinėk, kaip moki!

Marcė ėjo paprastu taku per tankmes, saugodamos nuo šakų, skubėjo susiraukusi. Tik kaži kas strakt ir užstojo už akių.

– Tu mano žemuogele, kada aš tavęs laukiu! – sakė jaunas vaikis, nutvėręs ją už rankos. – Ko teip vėlavais, bene turi sūrelio?

Marcė vaipydamos led pratarė:

– Ketinau pasikarti...

– Ar velnias tave apsėdo? – juokės vaikis. – Ko teip aukštai lipsi? Kas tau kaiti? Bene tėvas už ką pėrė?

– Žada perti ir mušti... Varo mane po gvalta už vyro. Ketu neklausyti. Gailiuos tave palikti, verčiau pasipjauti...

– Kas tave žada imti?

– Ogi tas škrabalas Petras Kurmelis.

– Tiesa? O tu dar didžiuojies? Tai jau neturi proto nė kaip velnias! Būdamas tavo vietoj, pasišūkėdamas lėkčio.

– Ir tu, Pranel, gali teip šnekėti? Be kokio gailesio atiduodi mane kitam? Tai melavai sakydamas, jogei mane myli?

– Myliu ir myliu visumet ir šį vakarą, – tai sakydamas, suko Marcę

44

aplink save iȓ pavirto abudu pakarklynė. – Bene tas tavo vyras mumis perskirs? Už kokio plikio, žinoma, neleisčio! O už tokio turtingo – keliauk ir keliauk! Argi aš galiu tave nuo laimės atitraukti? – Anokia ne laimė, – rėkė Marcė, – būti po tokio seno valdžios! – Bene tu kokia išpėpa? Apgausi tą savo senį kožname žingsnyj, vadžiosi vyrą už nosies kaip veršį. Vyras knisis po žemę, o jo poni šaudys akimis į vaikius! Juokės, kukėjo abudu. – Bepigu neapmauti... Pamatysi, kaip aš prie jo prisilažinsiu, būsiu jam pirmu bičiuliu, o su tavim... Tik piningus išgabenk nuo to velnio prie savęs! Kas kartas tykiau šnibždėjo. Marcikė kas kartas linksmiau juokės. Nebepjovės nė korės, valiojos ant žemės miške ligi saulolydžio...

***

Petras teipogi per tą patį mišką ėjo keliukais, bet suvisu į kitą pusę. Saulelė lenkės čyst jau ant pakraščio dangaus, o teip aiškiai švietė ir žiūrėjo į visas kerteles žemės, kaipo būtų dar neatsidžiaugusi jos gražumu per dieną. Debeseliai perregimi, balti, iš viršaus rausvi, iš apačios auksuoti; didesni ir mažesni būreliai apstoję saulelę pamažu lydėjo pakalniuo. Aukščiau dangus puikiai žydravo. Rytuose, priešais saulę, spoksojo mėnuo saulabrolis, išblyškęs, kaip būtų nusigandęs. Žvalgės pašokęs džiaugdamos, jog nepavėlavęs pakeisti įkandin saulelę. Jį apstoję debeseliai čyst balti; iš būrio atsirado ir tokių, katrie drąsiai braukė jam per veidą. Vėjelis miške ūžė palengva, linguodamas pamažu nulinkusias eglių šakas, supo kaip kūdikius, norėdamas ant nakties užmigdyti. Šakotų beržų lapeliai, auksu jau pamarginti, mirgėdami prieš saulę ir virpėdami, nekurie leidos ant žemės. Rudgalvis baravykas pavėsy pasistiepęs stovi ant vienos kojos, tarytum gano geltonąsias voveruškas, kad neišsiskaidytų iš būrio. Pienių ir rudmėsių nebesuvaldo: tos išsiskaidė po visą beržtvyną. Kitas jo brolelis netolimais išblyškusią galvelę kišo iš po kimininio apkloto. Čia pat raudonavo ir musmirio galvelė. Tankesniame eglynely pasibėręs garbanotas bruknynelis; raudonosios kekės jų uogų slapstėsi po tankiuosius lapelius. Norint kartais būtų oras tykus ir be jokio vėjo, miške visada girdėti kaži koks ūžesys, kaip kokia nepermanoma kalba arba nepaprasta daina; kitam linksma, o kitam liūdna ir graudinga, bet kožnam siekianti giliausių paslaptinių jausmų širdies.

Petras ėjo keliukais, nežiūrėjo nė tėmijo nė kokių gražybių, nes jo galvoj maišės įvairios mislės ir paveikslai. Vienu sykiu greta sustojo mislėj Janikė su Marce, jo gyvenimas ir Kupsčių troba.

– A, – padūmojo, – tegul Janikė sėdės tokioj supuvusioj troboj, pamištų ir jos gašumas, nustotų dantis rodyti... O ta, žinoma, kitokia... Bet geresnėj vietoj tuoj švelniau apsidarytų... O nesmulki, gali dar darbą dirbti... Pamatysma toliau... Pašėlęs liežuvis to Zolio – apmes ir ataus beveizint. Sako: ,,Keturi šimtai..." Prieplaikūs žmonės tie Kupsčiai. Sako: ,,Aš medegą statysiu, kirsk sau, kiek nori, be kapeikos." Berods lengva pasakyti: ,,Kirsk sau." O kad reikėtų pirkti, kiek tai kaštuotų? Vot, vienas toks išbėginis! – įsižiūrėjęs į stiebą medžio, ėjo arčiau, nežiūrėdamas į žemę; užmynė raudonmargį musmirį, su antrąja koja sutraiškė kupetelę voveruškų. Priėjęs prie ąžuoliuko, apkabinęs plaštaka, bandė papurtinti; užsivertęs žiūrėjo į aukštą, akimis mieravo ilgumą stiebo. – Vot, sveikas, veržlus kaip gelžis!.. Ponui dar neužtektų trirublinės – kur tau!..

Kitą pamatė kumpą; teipogi nenuleisdamas akių, priėjęs mėgino aukštį ir drūktį, rodos, kiaurai permatydamas balaną ir šerdį. Dūmojo:

– Iš tokio – puikiausios pavažos, tai pavažos!

Pasibaidęs zuikelis šokos iš tankmės. Cimbalis vijos cypdamas, kol užmatė. Nusigandusi šunies voverelė kaip žaibas, uodegą papūtusi, įšoko į medį. Varna sukrankė čia pat ant galvos, plasnodama iš vienos į kitą viršūnę. Petras nieko nematė nė girdėjo, vadžiojo tik akimis nuo vieno medžio ligi kito, apmąstydamas kožno varsą, prekę, didumą ir sugadnumą. Beskirstant, besidžiaugiant medžiais, ne vieną uogelę sumyniojo, ne vieną grybelį sutrypė. Kol mišką perėjo, saulelė jau užkrito; jos tik pėdsakas bešvitėjo; nuo lydovų debeselių auksas nyko, rausvumas bluko, debeseliai pilkėjo. Žvaizdelės, nedrąsiai mirkčiodamos, kur ne kur spyktelėjo. Apskritas mėnuo kas kartas šviesiau spindėjo, net debesys nubalę atsitraukė į šalį. Pamiškyj piaunukas apsiklojo balta migla; už kalno Kurmelio sodos kaminai vėmė pilkus dūmus štulpu į aukštą.

Petras, išėjęs iš miško, pasisuko stačiai per kelmynus į tą pusę, kur gelžiniai žvangėjo, – nėrės, nėrės ir paskendo tankioj migloj. Parėjęs vakare namo, apipasakojo motynelei, ką girdėjęs ir matęs; ant galo dar pridėjo:

– Prastesnė ar dailesnė merga, man vis tiek, by tik spasabą gaučio. Nestebėjaus labai į mergą, iš tolo pažvelgiau; rodos, sveika ir nesmulki...

– Gerai, vaikaiti, darei nelindęs artie, – pagyrė motyna. – Myluojies, glamžuoties – didelis griekas. Girdi, kaip sako kunigai... Paspėste malonėties ir po šliūbo.

***

Kupsčiai kožną dieną ir kas valandą įkalbinėjo Marcikei kitą sykį prieplaikesnei būti Petrui. Tėvas kartais truputį subaudė, o motyna lenkė, lepino dukterelę, saugojos užrūstinti, šėrė kuo skaniausiai, migdino kuo

ilgiausiai; jei kartais siuntė ką padirbėti, ta kaip su kirviu atkapojo:
– Papūsk į nosį! O tu pati ar negali? Aš tekėdama dirbsiu dar, kad tu
nesulauktumei!..
   Be jokio darbelio Marcė kaip karvė valiojos patvoriais. Atkyrėjus
styrino į mišką uogauti. Tankiai nuslinko prie dvaro arkliganio. Tumet
nebeparėjo be juodos tamsos: susisėdę kame pakrūmy, žvengė iš atenčio
Marcės vyro.

***

Ženatvė Petro nusitęsė, nes matušelė pasimirė. Sunku buvo sukties
vienam palikus; niekam neištikėjo, užrakinėjo visus pašalius, raktus kišenėj
nešiojos. Kol mergos išgavo uždaro ar miltų, po pusdienį išėjo; tankiai dėl
to neišvirė valgyti arba gyvolių nepašėrė ant laiko. Nebeliko rėdo Petro
gyvenime: šeimyna barės, nebesusiklausė; labiau Janikė – tokia paliko
ožka, tokia nelaba, su visais riejos, vis bliovė, o Petrui kožname žingsnyj
akis draskė; neatbūtinai trūko gaspadinės. Tą numanė ir Petras. Todėl
pirmasis išvadinėjo Zolį eiti ant pabaigos rokundo su Kupstaite, nes
medegos keletą vežimų buvo jau pargūrinęs, o Kupstys savo kumele
teipogi keletą vežimukų buvo pats atvežęs; tik Petras dar norėjo pinigų
gauti ant rankos iš dalies Marcelės.
   Kaip tik nuėjo, Zolio geras liežuvis tujau prisikalbėjo pinigų zadotko;
Kupstys nėmaž nespyrės: paklojo Petrui trejetą dešimtų. Marcelė iš
pradžios čiaupės, vaipės kaip ožka į turgų vedama, bet kaip pamatė tėvą
piningus duodant, užniko bliauti: suprato, jog jau nebe juokai. Zolys,
meilydamas dviejų aktainių, taikino kaip beįmanė; prisispeitęs Marcę
pringyj, nuo širdies kalbėjo:
   – Marcele, balandeli, ko tu bijai? Nors Kurmelis ir nebe jaunas, bet
šmotą vertesnis už jauną kokį plikį. Koks jo gyvenimas! Ko tu būsi trūkusi?
Nebent balandžio pieno. Kožna merga tau pavydės!..
   – Tiesa, tiesa! – tvirtino motyna, bėgdama pro šalį.
   Zolys patyliais tol šnibždėjo, kol nenuslinko Marcei rukšlos nuo
kaktos; potam prilėgniau šnekėjos su Petru. Surokavo nedėlioj jau užsakus
paduoti. Džiaugės Petras, kaip ant mielių kilo. Marcelė teip juo pamilo,
net į ranką jam pabučiavo.
   – Maloni mergelė! – pamislijo. – Nors piningų mažai dabar tedavė, tai
niekis, pamatysma toliau.
   Kaip neseniai po pagrabo, Petras nenorėjo veselės kelti, bet Marcė vėlek
užniko ožiuoties, bliauti, nebeeiti už Petro. Kam be veselės? Nebesumanė
Petras, ką daryti. Nekėlus veselės, šmotą būtų geriau: viena – žėlava po

matušelės, niekaip neišpultų linksminties; antra vėl, nebūtų nė jokio kašto. „Bet, – pamislijo, – kas pačios neklauso, tas valgo sausa", – liuob sakys senieji žmonės. Ką darysi su jaunais, nori paskutines dienas palinksminti, ir gana! Reik nors nedidelę veselikę pakelti.

Pas Kupščius ankšta troba, todėl surokavo visą veselę kelti jaunojo pusėj, o pas jaunosios – tik panų vakarą. Pas Kurmelį nebuvo kam pasitaisyti, maž per nedėlią pirma Kupstienė visą rėdą vedė jo gyvenime ir iš jo gero, kaip patinkamai, taisės veselei. Susiprašė savo visus gentis ir muzikantus pasamdė. Prasidėjus veselei, panų vakarą Kupsčiai nusivedė Petrą į klėtį atiduoti jam žadėtąją dalį. Motyna neršė po skrynę, išvyturdama skareles, mazgė iš mazgelių, davė tėvui, o tas skleidė gumaškas Petrui – pirma kelias raudonas, potam mėlynas, žalias, toliau geltonas. Skleidė, dėjo, sukrovė cielą malką, dar nesuskaitė nė šimto. Vėl motyna neršė po skrynę, mazgė, led suskaitė ligi šimtinės.

– No, vaikai! – atsigręžė tėvas į sūnus, – prisidėkite ir jūs.

– Aš duosiu dešimtį! – sušuko vyresnysis.

– Ir aš tiek pat! – tarė antrasis.

– Tik dabar neturime prie savęs. Nedėlioj, švogereli, nedėlioj tikrai atiduosma. Dabar turi piningus, pačią kaipje turįs. Dieve padėk laimingai gyventi! Būk sveikas!

Gėrė broliai, čestavojos, bučiavos, šoko, uliavojo.

Petras, suglemžęs popierius, dūmojo:

– Kamša berods didelė, bet prekė čyst maža. Zolys sakė: „Keturi šimtai, keturi..." Žadėjo dar broliai dadėti, žinoma, pameluos... Mesčio po šunais, kam apgaulioja?! Kad ne ta medega... Pats man vežė, pats bruko, o supykęs gali poną užvesti ir darodyti, jog pavogiau... Pašėlusiai nučiupinėtų, geruoju nėr kaip atsitraukti... By tik bus gaspadinė, bus kam veizėti... Ogi kas man sugrąžins atsitraukus? Alus, pyragai, arielkos... pirkau, vis kaštavo. O kiek mėsos supūstijo! Vis paliktų ant niekų... Niekaip nebegaliu vienas gyventi; metęs čia, kame kitur besugrobsiu teip veikiai?.. Pas Janikę nė dešimties nėra... Nors šimtelį duok ant palūkų, vis bus ne pro šalį, kaip sako: pridėk ar atimk.

Jaunasis dūmojo vienoj kerčioj, jaunoji žlembė kitoj. Tuo tarpu pribuvo dvariškiai į veselę. Muzikantai trankiau sugriežė, šokėjai – šankiau šoko. Tada ir jaunoji, nubraukusi ašaras, šoko per cielą naktį kaip padūkusi.

***

Ant rudens linkuo saulelė kas rytą vėliau tekelias, kasvakar anksčiau gulas; o dienovidžiu tankiai miglos užsistoja už šviesos, tarytum

48

pavydėdamos spindulių saulės žemei, nedaleidžia nė pasišildyti. Teipogi debesys, gainiojami vėjo iš vieno pakraščio dangaus, kyla, ūžia, lekia lydami viduriu dangaus ir vėl nukrinta kitame pakraštyj. Vienas ką tik nušniokštė; rodos, ir vėjas nusiginė; nepaspėjo saulelė spyktelėti, beveizint ir vėl vėjas beatgenąs tuo pačiu keliu kitą. Tas vėl šniokšdamas teip pat pylė savo lytų. Kožnas nuo savęs drėkino ir drėkino iškaitusią per vasarą žemelę; dabar jau storai purvuota ir nebegraži.

Nebėra siūbuojančių javelių nė kvepiančių žolelių; pievos nuskustos, dirvos plikos ir nurudavusios, miškai nuliūdę, tik po daržus dar žaliuoja; šis tas iš daržovių kenčia šaltus lytus ir vėjus.

Motriškosios dabar jau prūnija po daržus, velka kukšteroms arba kretilais, pila į pastoges kopūstus, batvinius, gelbuodamos nuo supuvimo. Pas Kurmelį daržų dar niekas nejudina: visi dar po bulbes tebevargsta. Pamislijus apie darbus, Petrui net plaukai ant galvos šiaušės: svietas daržus jau nusivalė, o pas jų dar bulbės nenubaigtos.

– Kažin, kas čia šį metą yra? – dūmojo Petras. – Toks nenuosaikumas darbų!.. Bėda, niekas ir nestelgias paskubėti. Vaikis vienas vis gaišta po jaują; vieną beria ar dvi, vis tiek ligi vakaro užtenka darbo. Mergos valiojas po bulbes, dainiuoja, dantis rodo... Nėra kam paraginti. Ko turi skubėti? Mano gaspadinė, kaip viešnia, būsianti nematanti... Penkta nedėlia, jau galėjo išsilsėti po veselės... Man kitokie darbai, ir tai užpuoliau bekepant bulbes jaujoj. Jug sausų neėda, turbūt sviesto pagauna.

Teip dūmodamas, Petras pasižiūrėjo į saulę, ėjo į vidų. Priešais išpuolė šuo pieninu snukiu. Žiūri, ugnavietėj išverstas puodas pieno, katilas ant šono, viedrai viduryj pringio, kamaros durys praviros. Žiūri – katė pieną belakanti, kamara prišnerkšta, puodai pripelėję, sviesto paskelė atdara, gale dar biškis trupinių sviesto, apdulkėję, apibyrėję kibirai; geldos minklinuotos sudrėbtos pasienyj, koštuvis ant žemės. Pasižvalgęs Petras, eidamas į vidų, pamislijo:

– No no! – pamatysma toliau... Troboj ant stalo visi indai tebeesą nuo pusryčio, asla nešluota, bulbių lubenoms primyniota, lova sujauta. Pravėręs alkieruką, žiūri jo gaspadinė įvirtusi lovoj. Priėjęs apsikabinęs žadina:

– Marcelaite, kas bus, kad tu negali beišilsėti? Matai pati, jog aptekom darbais, reik jau sykį atsibusti.

– Ar nori, kad aš tavo darbus nugrobčio? – atšovė pati.

– Nereik tau grobstyties, tik bent priveizėk. Negana nenueini į lauką šeimyną paskraidinti, bet ir po vidų nieko neveizi: puodas ugnavietėj palietas, kamaroj meška galvą nutrūktų, katės visą valią gavo... Kodėl neužrakini? Mergos bulbes kepas po jaują. Žinai, kad sausų neėda:

besmailižauna po kamarą. Iš klėties vėlek rakto niekumet neištrauki.

– Įsikišk į nosį savo raktus! – nekantringai subambėjo pati.

– Ant galo nors trobą apsivalyk, – tęsė Petras. – Kokia antai, kaip kiaulininkas. Pagaliau nė stalo nenuvalei ligi pietų: pareis šeimyna valgyti... Gražu!..

– Papūsk į nosį! – murmėjo pati. – O kam mergas išvarei prie darbo, kad neapsivalė? Ar tu mane už mergą parvedei? Kad tu nesulauktumei!.. Atšoko Petras, išgirdęs tokius deliogus. Pečius patraukęs, pamislijo:

– No no! Pamatysma toliau...

Tuo tarpu parbėgo šeimyna ant pietų. Žvengė, juokės po pringį. Janikė, įpuolusi į vidų, sušuko:

– O pana šventoji! Sūdna diena po visus pašalius! Nė stalas nenuvalytas... gana, gana! Barbe, kurk ugnį, sukimės greitai, pareis gaspadorius, vėl bambės, kaip šįryt. Tė, indus nusmauk, aš truputį trobą apvalysiu, kol pakais pietai!

– O ką valgysma? – šaukė Barbė iš pringio. – Kruopus kaži kas išėdęs, ir katilas pavirtęs... Čia kiaulių darbai. Pieno šit ežerai... iškada. Ką tik šįryt sakė: ,,Gaspadinė pati apsisuks." Vot, apsisuko! Kaži kur ir pats užvirto? Kalvė uždaryta...

– Skubėkit pietus, skubėkit! – skraidino parpuolę vaikiai. – Dabar laikas tau šluoties? Rytoj bus belynanti, tumet išsišluosi!...

Petras, iš alkieruko žiūrėdamas pro langą, kaip žemė tylėjo. Šeimynos žodžiai kaip akmenys ant jo krito. Marcė virto ant antro šono ir atsidūksėjusi tarė:

– A Jezau, kaip galva gelia!

Petras tuos jos žodžius kaip kokį įnagį nusitvėrė ir, išėjęs į trobą, tarė:

– Nešaukokit, mano gaspadinė apsirgo. Įsipilkit pietums pieno ar ko.

Pats kepurę užsimovęs drožė į kalvę, nes atminė zgauną darbą susiedui prižadėtą. Valgyti nė pamislyti nebenorėjo. Šeimyna pasilikę vienas kalė, kitas zalatijo, juokės, žvengė iš ligos gaspadinės. Vienas sakė:

– Tokia jos liga, kaip mano sveikata!

Kitas:

– Tavo pati nebuvo tokia bloga, kad numirė, kaip manoji kad išgijo.

Petras, kažin ką užmiršęs, grįžo dar į vidų ir nugirdo tuos juokus. Vėlek apmaudas jį pervėrė. Nuėjęs į kalvę, grobės už darbo, kalė, talžė, skubėjo prakaitu apsipylęs. Apie valgį nėmaž nemislijo, bet širdis kaži ko pasmoko. Po valandos įpuolęs Gorys sušuko:

– O tai mano žmogelis! Išgirdus žvanginant, kaip sakyti sakė, jog mano darbą paėmei. Bent dumples padumsiu, nes rytojui zgaunai reikia tekinio. Į namus tavęs niekumet negali dagauti, nors čia atnešiau biškį skerstuvių,

– tai sakydamas, išsitraukė iš ančio gabalą mėsos ir kilbaso, suvynioto baltoj skarelėj. – Užkąsk šviežynos, Petrali, - tarė, - būsi tvritesnis.

Petras užmetė akį – mėsa pakvipo. – Reikėtų vesties Gorį prie duonos į vidų, – pamislijo, – bet kas žino, ar kas apsivalė? Į tokį kiaulininką negali, verčiau duonos atsinešiu.

Gorys tujau iš antros pusės ištraukė pyrago abraką ir plėčkelę už griviną.

– Mesk kūjį, – tarė, – pavilgyk pirma liežuvį. Lenk stačiai iš plėčkelės, potam užsikąsi.

Petras metė kepurę, atsipūtė, persižegnojo, lenkė burną. Gorys paragino – lenkė antrą. Lašelis beliko. Neraginamas kando mėsą, pyragą ir nuodaliai viską suvalė. Pabaigęs persižegnojo ir padėkavojo. Pasijuto šmotą tvirtesnis. Nuslinko visi nesmagumai, užmiršo visus skausmus, darbavos šmotą linksmesnis.

– Ar turi darbą kam apsiėmęs? – klausė Gorys dumdamas.

– Turiu, – atsakė, – apsiėmęs porines šlajikes padirbti ir apkaustyti mūsų klebonui. Nežinau tik, ką reik veikti, kad teip darbai naminiai susitęsė? Niekaip neprieinu prie savo darbo.

– Kas tau darbo su naminiais? Bulbes baigia, o daržai – tai niekai: motriškosios vienos nuvalys. Matušės nabaštikė liuob, matysiu, vilks batvinius kaip katė pelę. O ši tavo gaspadinė juk ne jos bestovinti! Kaip sujus, ir nupūs daržus su mergomis.

– Bepigu, kaip teip butų, – pamislijo Petras.

– Kiek sulygai su klebonu? – klausė Gorys.

– Gatavai pabaigti – sėsk ir važiuok, visa savo medega, penkios dešimtys.

– Oo! Uždarbis! Mesk ir gyvenimą prieš tokius nagus. Dabar tau bepigu: pati jauna, aplakstys visur, o tu dirbsi ir dirbsi...

Petras atsidūksėjo. Pabaigė Gorio darbą. Tas užsimokėjęs išėjo. Petras taisės kitą imties. Pamislijo dėl visako apsižiūrėti po namus rodos, pati vaikščioja po kiemą. Girdi – pėslai žviegia; žiūri – lovys kaip išmazgotas, matyti, nuo pat ryto nešerti. Eidamas per kiemą, mato klėtį pravirą, žiūri – svetima kiaulė begaspadinaujanti apie miegas. Išvaręs eina į vidų – teip pat visur pūsta pūstynė, kaip ir nuo ryto; tik su ta atmaina, kad indai nuo stalo atrinkti ir pringio kerčioj nemazgoti padrėbti; šaukštai į šalis išsivartę ant žemės. Veizi į alkieruką – tuščia lova, pačios nė balso. Prasidžiugo pamislijęs, jog nuėjo prie kasėjų paskubinti bulbes. Dar eina ir į kluoną, žiūri – klojime grūdai sukasti į kupetą, katrą apstojusios vištos ir paršeliai sklaidė atgal, platyn. Vaikis, pavirtęs ant pelų, išsijuosęs bepokaitaująs. Petras, išblaškęs gyvolius, pabambėjęs ant vaikio, iš tolo jau girdi, kaip kasėjai žvengia po daržą ir bulbėms svaidos.

– Ar neliaustės šėlti? – sušuko prieidamas. – Tiek dar bulbių, o nėmaž nestelgiat paskubėti.

– Ir po nedėlios dar šešios dienos! – juokės mergos.

– O kur gaspadinė? Ar čia nėra? – klausė Petras.

– Ogi nutempė neseniai per lauką, turbūt prie tėvų, – ir su ranka parodė vaikis į miško pusę.

– Ko nepašėrėt pęslų? – sakė Petras mergoms. – Loviai tušti, turbūt nuo ryto dar neveizėjot?

– Viską čia mes, žinai, ir apžiosma! – barės mergos.

– Čia skubina bulbes, čia šaukia už kiaules, o jovalo nėra kada patiekti, miltų nėra; žviegia, neėda, – tai mes kaltos? Virk večerę, virk pusrytį, iš jaujos parėjus, milžk karves; ant galo dar nė pieno niekas nesusikošia, nors susiplėšyk, o vis mums nepakelti!

Nebeklausės Petras ligi galo, ėjo akis įdūręs į žemę: pryšininkėj atsistojęs prie savo varstoto dūmojo:

– Matušelės visur buvo pilnai: gyvoliai apveizėti, nė šeimyna nedreižė... Nejutos, kaip viskas spėriai pasidirbo... ,,Vaikaiti, nerūpinkis, – liuob sakys, – savo darbo tik žiūrėkis..." O dabar kas paragins? Nebent kumet atsibus?.. Pamatysma toliau... O jeigu visada tokia bus? Jei prie tėvų išlėks, jei miegos?..

Nesmagumas apėmė Petrą, net širdis apėjo; nusispjovė.

– Gorys mat jau paršiuką pasiskerdęs, o mūsų dar kaip šakaliai. Senos mėsos nebėra. Ko benorėti: čia pagrabas, čia veselė... Gorio arielka teip macni... Nieko nevodytų nusipirkus palaikyti... Kartais burnelę... širdžiai suskudus...

***

Po saulės grąžos, apykalėdžiais, pasitvirtino žiema. Sustyro ir sukietėjo žemė į ragą, vandenys kaip stiklais apsigrindė, potam viskas apsiklojo sniego patalu. Dienos tykios, be vėjo, nors saulėtos; bet šalčio niekaip neperveikia. O naktimis – ko beklausi? Net žvaizdės ant dangaus ribėti riba, o ant žemės sniegas po kojomis cypti cypia. Keliai susivažinėjo kaip ant stiklo; kur pakliūk, nosies tiesumu niekas nekardo.

Žmonės subruzdo, sujudo po miškus darbuotės. Teipogi nė Kurmelis nesnaudė. Vieną šviesų šaltą rytmetį kaži kur išvažiavo; led ant pavakarės bepagrįžo abudu su arkliu baltai apšarmoję. Vaikiai po daržinę bastinėjos, o motriškos, žinoma, po vidų. Mergos kerčioj bangstė batvinius skusti, o gaspadinė – rankas susinėrusi sėdėjo ant šilto mūriuko. Pasienyj kubilas akmenu prislėgtas, antras batvinių dedamas. Petras, įėjęs į vidų, sraukė nosį, nusipurtinęs sniegą, siausdamos ėmė bambėti:

– Apsileidusios kaip kiaulės! Į ką jūs tą trobą pavertėt? Kiek čia purvo, sniego prisinešė, kiek žemės ant grindų primyniota! Kopūstais prismirdusi... Argi negalėjot skusti ir raugti pryšininkėj? Ta troba niekados dar to nematė!

– Ar ne per tave tai išmislyta? Dar bambės! – rūsčiai atsiliepė pati. – Pryšininkėj užsitiesei su savo šlajoms, – kurgi dėsimės? Juk ir čia gali nosį prasukti...

Petras dantis sukandęs sėdos užstalėj, graibės peilio duonai.

Motriškosios nė viena nejudinos iš vietos.

– Duokit pietus, – tarė Petras žegnodamos.

– Viralų nebėra, – tarė Janikė ir pažvelgė į gaspadinę.

– Tai duokit ko kito, – prašė Petras ir vėl žvelgė į gaspadinę.

– Ko nepalikot batvinių? – murmėjo Marcė, – bene aš kišenėj ką nešiojuos?.. Galit pasiimti.

– Nieko nebus, reik man pačiam pasiieškoti.

Tai sakydamas, ėjo Petras pro duris, nes atminė turjs dar ant apmaudo burnelę. Įėjęs į pryšininkę, nusiėmė iš kerčios nuo lentynos plėčkelę, pasižiūrėjo dar prieš langą, lenkė vieną, lenkė antrą burną ir vėl pastatė. Potam, kamaroj atsipjovęs lašinių, iššinešė, pjaustė žalius ir valgė su duona.

Janikė pašokusi įsibogeno petelnikę.

– Duokš, – sako – paspirginsiu tučtujau, ugnis yra.

Išbėgo nešina ir beveizint atgal įnešė čirškančius, cibulėms kvepiančius. Pamatė ant stalo lentikę, ant tos pastatė prieš gaspadorių petelnikę.

Marcė išraudonavusi iš paniūrų baltoms žiūrėjo į Janikę, o Barbė ėmė barties:

– Lakstyk nelakščiusi, gaišk kaži kur – nė šį vakarą nepabaigsma. Lygu nėra kam pasparginti ir be tavęs?.. Dyka sėdi... Nebent galva sugils...

Petras bevalgydamas išraudonavo, apšilo ir, drąsos įgijęs, ėmė šnekėti: – Nusipirkau miško, reik keliu naudotis. Rytoj pat važiuos vaikiai kirsti. Mano gaspadinel, pasirūpink su šiltesniu apdaru vaikiukams: suveizėti, sutaisyti autus, pirštines, – gana sėdėti rankeles susinėrus!

– Kaip ligi šiol apsidarė be manęs, teip tropys ir rytoj. Bene aš juos kelnėms vilksiu? – atšovė pati.

– Vilkti niekas neprašo, – tarė sragiau Petras, – bet reik sutaisyti, sulopyti, paduoti – ant gaspadinė. Ko gi parėjai, kad teip nenori nė pirštu piršto pakeisti? Kaip ne gėda tokiai jaunai teip tingėti? Mano matušelė senelė buvo, o žiūrėk, kaip dirbo: būtumei nepaspėjusi paskui jos per slenksčius žargstyti, gautumei į padelkas kibties...

Mergos susilenkusios patyliais kukėjo. Marcė paniūroms baltakiuodama bambėjo ir šniurkščiojo kaip rėkdama:

– Ko čia nuo manęs nori? Ko neišsitenki kožnu sykiu, vis tą savo škrabę prikaišiodamas? Ar aš tau siūliaus, kad tu mane vestumei? Tau ne manęs reikėjo, tik mano piningų!.. Bene tu mane nusisamdei, kad prie darbo priveizi kaip kokią piemenę! – po nosies bambėdama, vilkos kailinukus, siautės skepetu ir išėjo pro duris.

– Supykusi bent drobužius vaikiams parneš, – pamislijo Petras. Reik eiti padėti suieškoti... Pamatysma toliau.

– Kame yra pernykščios pirštinės? – paklausė mergų.

– Ant grėdų sukabintos, ant kartikės. Ten autai ir kelnės milinės, viskas, – davadijo Janikė.

Išėjęs Petras žiūri, klėties durys uždarytos. ,,Kurgi ji dingo?" – pamislijo. Įėjęs prie varstoto, išlenkė paskutinę burnelę. Primiršęs drobužius, ėmė obliuoti, grąžyti, darbuoties apie pradėtas šlajikes. Sutemus tepadėjo darbą. Vakare susirinkus šeimynai į vidų, pasakojo, kur ir kiek nupirkęs miško. Tumet atminė apie apdarą. Ėmė žvalgyties, kur jo gaspadinė. Žiūri – įvirtusi jau į lovą alkieruko. Užsidegęs liktarną, gavo ieškoti vaikiams apdaro šiltesnio.

***

Bėdos, bėdos, ne Kalėdos; ateis Kalėdos, bus tos pačios bėdos. Teip ir Kurmeliui: nors buvo bėdos prieš Kalėdas, bet vis dar pusė bėdos, kol paprasta šeimyna tebebuvo. Nors šeimyna tęsė metus kaip žydas ratus, laukė Kalėdų, bet vis senu papratimu apėjo visus gyvolius ir apyvoką. Atėjus Kalėdoms, Petras grąžino šeimyną ant atenčių metų, o pati nė vienam nė žodžio; užtai nė vienas ir negrįžo; led tik užtūrėjo Janikę, nors ant kokios nedėlios, kol kitą gaus. Kiti visi išvaikščiojo. Tumet į savo varstotą Petras nė veizėti nebeturėjo laiko, ne tik dirbti. Negana namų darbai, bet dar reik važinėties šeimynos.

Vieną vakarą parvažiavo truputį įkaitęs ir kaži ko piktas. Žinoma, kaip be pietų, o čia večerė dar nekaista. Janikė per dieną apie šėrė, žygius – truputį pavėlavo; o gaspadinė, prasikepusi kiaušynės, bebrėkštant jau valiojos lovoj. Pasidairęs Petras po vidų, apmaudu nenurimdamas, ėmė iš tiesų ant pačios barties:

– Ar žinai ką, Marce? Kentėjęs aš, kentėjęs, ant galo imsiu tave perti! Argi tu negali šiokį tokį darbą nusitverti? Kad nenori darbo, tai važiuok samdyti, bent aš negaišiu. O dabar iš tavęs kaip iš ožio tekio nė taukų, nė plaukų. Per kiauras dienas tikšoti, ar tai gražu? Po biesais, kad būtumei kiaulė, bent papjauti galėtų! Dabar tik įniršęs didžiau šaukė: – storokis! Man mergos nepriguli. Jei nesamdysies dirbsi viena. Pamatysiu, kaip tu begulėsi, kaip Janikė išeis!..

– Papūsk į nosį sau ir savo Janikei! – Marcė atsigulusi pusbalsiai bambėjo. – Kaip ligi šiol be manęs samdei, teip gali ir dabar. Man čia rūpi, kad tu negauni!.. Lįsk sau į nosį...

– Matyti, jog aš nieko neveiksiu, – tęsė Petras. – Parsivesiu rytoj tėvą, tegul jis pamato, katras mudu kalti ir kaip tu dirbi, – tumet iškasys tau nugarą!..

Po večerės, rymodamas sau vienas, Petras dūmojo:

– Kiek tai man troto, kiek sugaišties? Nieko nedirbu, ničnieko neuždirbu... Klebonas nebesulaukęs nusipirko šlajikes: šmikšt man penkios dešimtys!.. Vieną ir paskutinį šimtelį gavau išlaidyti algoms... Liuobu visada algas uždirbsiu... Matušele, matušele!.. Nebetekau tavęs – viskas eina ant nieko... Kad bent bartųs, po šunais! Ar sakęs jai, ar š... murmės po nosies kaip meška... Nežinai, ko jai trūksta. Susineršusi, susiraukusi, nė su žmogum dorai nepašnekės... Rodos, nė niekas šneka, nė nieko, o po svietą kaip į varpą muša. Kur tik nepašnekink ką, tujau ir spigins: ,,Kaip tavo pati nieko nedirba, viena ėda, šeimynai juoda putra, mergoms visi darbai..." Bene prasimanzys, kaip paliks vičvienaitė?.. Pamatysma toliau...

***

Rytmetį pabudęs Petras gaidykste net nustebo: pati jau atsikėlusi teip ankstie, abidvi su Janike besisukančios aplink pusrytį. Ir jis teipogi pašokęs kaip švinta išėjo prie gyvolių. Nepaspėjo apsišerti, kaip prisistatė Kupstienė. Kaipgi nepaleis liežuvį ant Petro, kad neužniks barties:

– Tu bedūšninke, svietaėdžia! Susprogai išlupęs nuo mūsų tokius piningus, susprogai, suėdei vaiką! Užvarinėji, užveizi darbą! Ant galo mergoms apleidi! Kam ėmei? Ko lindai prie mūsų, kad savo namie turėjai? Naudos tau tik tereikėjo! Mano vaikas buvo pas mane kaip paukštelis klėtkoj, į šaltą vandenį rankelės nekišo, o tu suoki ją prie darbo! Ar tat jai kiaules šerti arba karves milžti! Kame tavo šeimyna? Kas tu do gaspadorius – lig šio laiko nenusisamdyti? Kad man būtų doros mergos nusamdytos, ne tą kurvą laikyti... Pačią šunies vietoj laikai... aš tau!..

Krito žodžiai po kits kito Petrui ant galvos kaip kirvio kirčiai. Iš pradžios nelabai tepermanė Petras, potam nebesumanė, kaip išsižioti, ant galo pradrįso:

– Tesamdos pati, tesamdos, – tarė, – kokios tik patinka. Aš to ir noriu, kad pati sau pasistorotų.

55

– Ar tai anai važinėties? – užšaukė motyna. – šiokie šaltie bobai?.. Kur dori vyrai, ne teip užlaiko pačias! O prie tavęs nė piemenės vietoj nestovi: vis pasikandęs, vis bekremtąs... Liežuvio nesusivaldai, tu paleistuvi! Vaikas namie vietos nebeturi – mergoms apleidai...

– Kokioms mergoms? Kaip čia apleidau? – nedrąsiai sporijos Petras. – Jug gaspadinės visur dirba...

Tuo tarpu Janikė, apsitaisiusi kaip į kelią, įėjusi tarė:

– Sudievu, gaspadine, ir tamstai, gaspador! Ką turi manim pasikąsti, o tamstai prikapoti, verčiau galiu nusišalinti. Karvių nemilžau šįryt nė kiaulių šėriau, – gaspadinės, žinokitės! Sudievu!

– Pal... palauk, – traukė pusiau žodį Petras: nesumanė – stabdyti ar ne.

– Vot, ir tavo geroji, tavo vikrioji, – šaukė motyna, – parodė tau uodegą! Ir ta parodė, koks tu gaspadorius! Kad būčio bent per paukštelį žinojusi, tu į mano butą būtumei kojos neįkėlęs! – prorėksmais garbstė motyna. – Suėdei man vaiką, susprogai jos dalį – dar maželelė turi teip vargti!..

– Kokią naudą, kokią dalį? – klausė Petras atsikluinėjęs.

– Ogi piningus neėmei? – čirkšdama spigino. – Ogi medegos kiek? Ar tai nieko nerokuoji? Dykai mat tratinai per naktis... Ar tu žinai, kur tu gali atsisėsti? Kad tik neliausies vaiko krimsti, mes parodysma, kame vagims vieta!

Kaip su kūle į galvą davė Petrui, net akys aptemo.

– O katras didesnis vagis – katras duodamas ima ar katras vogdamas duoda? – kaip atsibudęs Petras paklausė.

Motynai vėl kaip su purvais į akis drėbė; pasivaipiusi tarė:

– Geruoju viskas gerai ir niekas nieko nežino; piktuoju viskas blogai. Verčiau pačią laikyk pačios vietoj ir tylėk, – žinais, koks esąs.

Petras susikrimtęs, o nelabai tesumodamas rieties, spruko pro duris. Atsidūręs prie savo varstoto, atsiminė parsivežęs liekarstų ant širdies skausmo. Ištraukęs plėčkelę, palenkė porą klukšnių. Pasitvirtino truputį ir, belaukdamas pusryčio, pasirėmęs dūmojo:

– Motyna atlėkusi paskutinę išriejo, paliko be jokios mergos... Ir gerai – pamatysiu, kaip suksis viena; nebesakysiu nieko, nors meška galvą nutrūktų po kerčias... Mergas prie manęs prilygino... Kad bent į tą pusę... nė apmaudo nebūtų. Kas bobas gali atloti? Bene tingėjo mat teip ankstie lėkti parsivesti motyną... „Ar tokiai tai darbą dirbti?", sako. Žinoma, ne tinginei; jai tik ėsti ir gulėti... Tas biesas apsuko man galvą!.. Giltinė apmovė akis... Šimtą sykių vertesnė Janikė!

Vėl ant apmaudo lenkė burnelę.

***

Iš po kietos ir tvirtos žiemos pavasaris labai spėriai aušo; kol tūrėjo, tūrėjo šaltis, bet kaip atšilo, tai viskas kaip iš maišo išlindo. Beveizint vandenys kilo, ledai pleišėjo ir plūduro apsiputoję. Sniegas urduliais nubėgo. Medžiai apsipylė lapais, žemė apsidengė žalumu. Saulelė linksmiau kaitino, vėjelis šilčiau pūkšnojo. Jei kartais nuo rytų perbėgo koks debeselis, šlėkdamas storais lašais, rodos, liedamas saldų pieną, tai nuprausta žolelė antra tiek išstypo. Miške, nuo jaunų lapelių purtindamas rasą, vėjas nešiojo į visas puses meilų pavasario kvapą. Nuslinkus debeseliui, saulelė, linksmai švitėdama, rodos, juokės džiaugdamos gražumu savo pasaulės. Paukšteliai visiteli subudę teipogi džiaugės šilima saulelės ir kožnas ypatingai skelbė savo džiaugsmą. Negana ant oro, miško pilnai visokio čiulbesio ir švilpesio, bet ir žemės vabaleliai pagaliau skelbės kokiu bemokėjo balsu. Vakarinės šiltos miglos gaivino žemės augalus ir smulkiuosius sutvėrimelius. Kužėjo visa žemė: skrajojo pilnai ore, šnabždėjo ir plasnojo po mišką visokie gyviai. Upeliai apsiputoję urduliais gurgėdami plaukė. Pievos papūro žaliais vikšriais, dirvos pajuodo noragais sudraskytos. Žmonės, pasmaginti visokiais gražumais, o labiausiai džiaugės, jog gyvoliai, per žiemą krimtę sausą pašarą, dabar gauna minkštos jaunos žolelės atsigauti.

Tiek žmonės, tiek gyvoliai, paukšteliai – visi linksminos. Kurmelis tik, nabagas, neturėjo nėjokio džiaugsmo. Visas žiemos laikas perbėgo jam rūpesningai. Iš medegos, katrąja pernai teip džiaugės ir dykai gavo, nieko neužpelnė, nes nieko nepadirbo. Šeimyną traukė kaip veršius: iš kur kokį ištrauks, nusamdys, kožnas kelias dienas telapojo; vėl kokį parsiveš, žiūrėk – ir vėl išėjęs. Ant važinėjimos ir gaišo, o kita prie sieto ir pasismaugė; arkliai sukūdo – varna neprilestų, negandojas ir važiuoti. O po daržines pašaras – ciela pakūgė. Po klėtis ir trobą – meška galvą nutrūktų. Kur žengęs, kur ėjęs, Petras apmaudais neliovės. Pati jo nėmaž neatsimainė: valgė už penkis, miegojo už tris; dar nemiegodama valiojos lovoj ligi valios. Raginama prie darbo, murmėjo po nosies, o jei kumet išgirdo nuo vyro sragesnį žodį, tujau nulėkusi parsivedė motyną, katra tempė Petrą, kožnu sykiu naujas neteisybes jam išmetinėdama, baisiai keikė ir kaltino nedorą vyrą savo Marcelės. Petras, nesugebėdamas su ja rieties, nusilenkdamas tankiau ėmė gelbuoties su burnele ant širdies skausmo.

Vieną rytą, išginęs arklius į mišką, ant pavakarės ėjo susiveizėti; belandydamas po tankmes, beieškodamas arklių, nugirdo netolimais kaži kokią kalbą kaip verksmą; klausos sustojęs – šneka. Priėjęs arčiau, tankmėj pasislėpęs, klausos: aiškus motriškas balsas klosto:

57

– Kodėl tu tumet teip nešnekėjai? Bet ne! Visi, rodos, susimokę kaip velniai šaukėt: „Laimė tau, laimė! Būsi mylima, būsi poni, darysi, kaip norėsi!" Kame jūsų liežuviai dabar, kad aš kas valandą ašarose plaukiu? – žlembė šnekėdama. – O Oant amžių teip, kad tavo liežuvis būtų nupuvęs! – Kuomi aš tave suėdžiau? – klausė vyriškas balsas. – Ko čia prie manęs kabinėjies? Turi duonos, turi gerą vyrą, dirbk, netingėk, ir būsi gerai.

Petras, nepermanydamas gerai kalbos, žiūrėjo pasilenkęs, kas čia teip baras. Žiūri – jo pati su dvaro arkliganiu Pranuku. Prisispaudęs prie medžio, tvenkdamas dūsavimą, su virpančia širdžia grobstė ausimis mėtomus priešais žodžius.

– Ar teip jau dabar? O tumet kaip šuo lojai! – rėkė Marcė. – „Kas mudu perskirs? Mylėjau ir mylėsiu! Tavo vyras mums nieko nepadarys!" O dabar? Slapstais, gėdies man akis parodyti! Melagis... Suėdei mane! Kad nemylėjai, kam gi apgauliojai, kam gi melavai?

– Kad būčio neleidęs tekėti, o pats neėmęs, tai galėtumei rūgoti. No, dabar tegul būna teip, kaip sakai, jog per mano liežuvį... Bet nutekai į gerą vietą, už gero žmogaus. Kas tau do bėda? Būk tik pati gera, mylėk vyrą... turi už ką mylėti... O aš neturėjau tau vietos.

– Tiesa, kas do bėda? – žlembė Marcė. – Negaliu priprasti, negaliu širdies užlaužti, negaliu nė paveizėti, negaliu mylėti... Kas manęs kumet bent paklausė – ar galėsiu jį mylėti? Pūsta jo turtų ir gyvenimo! Verčiau, kad būčio akimis jo nemačiusi... Dar tauzys: „Būk gera, dirbk!.." Bepigu tau neloti. Tu nežinai, kaip sunku būti su nekenčiamu žmogum! Nieks nemyla, nieks nemalonu, niekur širdies nuraminti. Per visą rudenį gaudžiau tave po mišką – tu vis slapteis; per visą žiemą laukiau ateinant – nė akių neparodei. Dabar nejučioms užklumpiau, o koks tavo paguodimas? Tu, melagiau, ar teip žadėjai?

– Žadėjau, kol atsikračiau nuo tavęs. O po veselės ar nepasakiau aiškiai: „Sudievu, Petriene, paskutinį kartą, gyvenk besveika!.." Turi dabar visako... Neturi dabar ko rūgoti: esi naudos pertekusi, mokėk tik vyrą mylėti...

– Naudos pertekusi, mokėk mylėti... – atkartojo Marcė. – Duonos, putros pertekusi berods. O meilės davė man vyras? Nors bent paklausė kumet manęs: galiu jį mylėti ar ne? Kaip aš jį mylėsiu, kad tarp mūsų apie meilę kalbos niekumet nebuvo? Jis manęs nemyli... Tavęs, Pranel, negaliu užmiršti: tu mano širdyj, tu mano galvoj. Prijaučiu, jog ir aš tebeesu tavo širdy. Galim susieiti, galim po senovės meiliai pasikalbėti... Jug teip prižadėjai...

– No, po velniais, bobos protas! – atšovė Pranukas. – Kam aš ir kepurę ant galvos laikyčio, kad tiek proto teturėčio?! Lygu mergų nebėra ant

svieto? Eik sau, eik karvių milžti! – tarė ir, paėmęs birbynę, klernatą, vedė dainos natą:
Ne tiek yr lankose žydinčių žolelių, Kiek yra ant svieto gražiausių mergelių...
Marcė nuraudusi šoks; spjovė į jo pusę ir po nosies murmėdama prapuolė miške. Pranukas dainiuodamas ir birbindamas styrinėjo aplink arklius.

Petras ilgai dar stovėjo užtirpęs ant vietos, žiūrėjo plačioms prieš save, nors nieko nematė.

– Bet jis ją atstatė, visą viltį atėmė, – pamislijo, – gal atvirs į protą? Nebemislys niekų?.. Pamatysma toliau...

Norėjo nusiraminti, norėjo užmiršti, bet niekaip negalėjo, nes ausyse aiškiai skambėjo žodžiai Marcės: ,,Negaliu paveizėti nė širdies užlaužti... Duonos, putros davė, bet meilės nedavė! Ar paklausė bent kumet – galiu jį mylėti ar ne?.. Sunku būti su nekenčiamu žmogum, nieko..." – ,,Teisybė, sunku", – pripažino ir jo širdis. ,,Neklausei jos apie meilę, nepaklausei nė sykio!" – spigino jo paties saužinė. ,,Neieškojai meilės nė jai davei, nemyli jos!" – tvirtino širdis. ,,Tokia tinginė, nevaleika – niekaip negali mylėti!" – sporijos galva. ,,Pūsta jo turtų!.. Nieks nemyla, nieks nemalonu!" – ,,Čia tikra tiesa", – pamislijo. ,,Verčiau, kad būčio tos medegos nė akimis nematęs!" – sudrebėjo (susipurtino) Petras. ,,Dabar žinau, dėl ko ana vis teip paniurusi... Mat mylėjo kitą... Kodėl man nepasisekė?.. Ana pati, pati kaltesnė... Ne, jisai kaltesnis... melavo, suvadžiojo, potam džiaugės nusikratęs... Jisai, Pranukas, už visus kaltesnis..." – Nugirdo jo birbynę. Rodos, cypdama šaukia: ,,Neklausei jos, neklausei! Tavo didžiausia kalčia!"

Visa gamta linksminos, tarytum juokės ir džiaugės gražybėmis pavasario. Dangus čystitelys žydravo aiškiai. Saulelė švitėdama kartu meiliai šildė. Visiteli debesys nuslinko pakalniuo į rytmečius, katrus ten užrėmė keleriopo dažo šviesi orarykštė. Vėjelis jau guldamas ledva tik virpino jaunitelius, dar gelsvus, lapelius. Petras nieko nematė nė tėmijo; atsidūksėjo ir užsimerkė, nes jį prislėgė kaip sunkiausis akmuo; visa kalčia nelaimės sugulė ant jo. Slėgė skausmas širdį, maišės galvoj išmetinėjimai Marcės, nebeturėjo nė kokio spasabo dėl nusiteisinimo, rodės, jog dangaus užgrius ir kalnai užvirs ant jo; rodės, jog visa pasaulė jį patį kaltina, pagaliau paukšteliai patys kaip sakyte sako. Raibasis strazdelis ant pat jo viršugalviu, eglėj, čiauškėjo aiškiai: ,,Nieko nekaltink, nieko nekaltink! Tavo kaltybė, tavo kaltybė!" Geltosnapis špokas švilpdamas tvirtino: ,,Teisybė, teisybė, teisybė!" Garsusis budutis toliau miške spigino: ,,Tu tu tu, tu tu tu!" Meleta pridėjo: ,,Pats, pats, pats, pats, pats!" Lakštingalelė maželelė ant daubos skardžio pleškėjo: ,,O teip, o teip, tu pats, tu pats, kaltesnis, kaltesnis!" Varna lėkdama ir ta krankė: „Kapgis, kapgis, kapgis!" Mėlynasis balandis iš tiesų supykęs brūkavo: „Perti Kurmelį, perti rupūžę, per nugarą... brūklys!" Margasis kikilis teipogi tyčiojos: „Skamb Marcelės – cink, cink, cink, cink, cink šimtukai!" Lakūnė blezdingėlė skrajodama ant oro liežuvį laidė: „Nabageli, nabageli! Neglamžavęs, nemylavęs, nemylėjęs meilės nenorėk!" Artojo draugelis, vivirselis, virpėdamas aukštyn, aiškiai, kaip iš kuodelio, vyturo: „Tarei, tarei – man vis tiek, man vis tiek, by tik pininguota, by tik bagota! Turtus, naudas turi, meilės, laimės neturi, neturi... Mat ne vis tiek, ne vis tiek" Pasipurtęs tetervinas dar šiokią tokią rodą į modą davė čiulbėdamas: „Parduok prastą pačią, pirk gerą! braidydama po klaną spigina: „Pliks paliks! pliks paliks!" Pagaliau tas kuisis, menkas vabalas, į ausį prisilindęs zyzia: „Broleli, broleli! Norėjai rublelio, rublelio!"

Visi tą patį tvirtina ir tvirtina, net ausys cypia Petrui. Atsižvelgė į saulelę. Ta merkdama tarytum sakė: „Buvo mylėti, vaikaiti! Buvo meilės ieškoti, buvo klausti, atsiklausti, buvo pamylėti!" Klausės Petras, kas pakalnėj dar šneka. Upelis vingurdamas dauboj per akmenelius gurgėjo tardams: „Rūgok nerūgojęs, pati neb rankovė, nebišversi! Praverčia Petrui, praverčia!.."

Niekur globos. Grobės Petras už karštos galvos, kad neužsidegtų; grobės už skaudžios širdies, kad nepersprogtų. Atsigręžė dar į orarykštę; rodos, anoji pamatė skaistų veidelį Janikės, geltonas kasas, rankas išskleistas, mėlynas akeles merkiančias: „Eikš, eikš Aš tave priglausiu, aš paguosiu..." Buvo ir jis rankas beskleidžiąs, buvo bepuoląs prisiglausti, bet iš juodulio debesies atsistojo į tarpą rūstus veidas Marcelės; iš paniūrų žiūrėdama, rodos, šaukė: „Kelis sykius klausei – galėsiu tave mylėti ar ne? Meilės man trūksta, meilės!.." „Meilės trokšta – pamislijo. – Duosiu meilę, duosiu... mylėsiu, mylėsiu visa širdžia..." Kur bus buvusi, volungė čia pat į ausį sušvilpė: „Meluosi, nabagai, meluosi!" Vėrė vėl skausmas širdį Petrui; atsidūksėjo balsu: „Matušele mano, matušele! Ko nepatarei meilės ieškoti?" Atsakė rave varlelė: „Tariau, tariau, tariau!.."

Visų išmetinėjamas, visų persekiojamas, Petras juto, jog skausmas jo virto į apmaudą. Kumsčias gniaužė, dantis tratino.

– Išgrauž jums, rupūžės! – tarė ir be atžvilgos nulėkė (skubėjo) į savo pryšininkę. Ten, nutraukęs nuo lentynos mylimą savo baltakę, lenkė, lenkė, lenkė... kol nė lašo nebeliko.

**

Per Simą Judą dideliai paklausais tėra gražus jomarkas, o šįmet, ot, ir bus gražus! Nors vakar lijo, pliaupė per dieną, po dirvas ir pievas klaniukai tikšo, vieškelis vienu purvu, bet iš viršaus graži pagada. Prieš aušrą žvaizdelės teip linksmai riba, o aušrinė, rodos, juokti juokės. Mėlynakė aušra skleidė baltą savo šviesą. Rytmečiuose vėrės kaip akis iš po blakstieno: matyti pirma baltymė, potam vėrės plačiau, ir pasirodo vyzys. Mieguosta, kaip akis panėrusi ašarose, virpėdama švitėjo nedrąsiai saulelė. Kožname kalnelyj, kožname burbulelyj, kožname rasos lašelyj atsimušo šimtais tūkstantėms žibančių spindulelių. Auksu, žemčiūgais apibyrėjo visa pasaulė. ,,Diena graži išaušo, bus geras jomarkas", – teip džiaugdamos rokavo žmonės, kožnas kuo anksčiau taisydamos išvažiuoti, nes kožnam dešimtimis buvo reikalų. Užaugo žąseliai, prakuto višteliai, cibulės ir morkai, todėl nelikos nė bobos: kožna su savo tavoru apsikamšiusi kaip višta pereklė kiūtojo ratų gale. Vyras antrame žegnojo kumeles votegu ir žingsniais per purvynus pliauškė miestelio linkuo. Reik grašio, paskutinį kąsnį nuo burnos nutraukęs turi parduoti.

Rodos, dar ankstie tebėra, o miesčiukas jau pičpilnaitis. Braido, taško po purvynus vyrai, o bobos ant vežimų žvigina paršelius, kvarkina vištas, su žydelkoms riejas. Apie pietus saulelė kaži kur užlindo; rodos, debesų nebuvo nė balso, o lytus nė iš šen, nė iš ten, pirma smulkus, pamažu, kas kartas sodresnis, ant galo pradėjo iš tiesų pliaupti. Kupčienės, atspiroms lakstydamos pro šalį, kas kartas pigiau boboms besiūlo. Vyrai susmuko į karčemas; bobos iš apmaudo pusėj prekės pardavoja savo tavorą, nes atbodo ant lytaus bestyroti.

Pragaišo gražumas jomarko: kitas pardavė, kitas ne, kitas nusipirko, kitas ne; Nesulaukus pavakarės, jau miesčiuke praretėjo. Kvanksojo dar nuleidę galvas arkliai, pakinkyti vežimuose ir pašaliais pabalnoti tų, katrie nusikratė boboms, palikdami namie. Vyrams – ilgesni reikalai.

– Niekas, tepakvankso arklys, jis neverks ant tavo kapo! – tramdė vyrai kits kitą. – Bene nustos lyti, ar velnias gali šiokie važiuoti?

– Teisybė, niekaip negali.

Teip tvirtindami, kits kitą vyrai statiniu murdės po karčemas; jei pasienyj užklumpė kokį zoslaną, susisėdo ciela eila; apsirūkę pypkių dūmais kaip pakuroj sėdėjo. Kalbos maišės su žvangesiu plėčkų, čėrkų, skleinyčių, šūkavimu apgirčių ir girtųjų. Blaivieji pypkes dūmė po kerčias ir spjaudės. Vienoj ertoj karčemoj, primyniotoj asloj per sprindį purvais, pilkoj ir tamsioj nuo dūmų, svaiginančioj nuo smarvės ir drėgmės, tarp stačiųjų asloj kumšėjos Kurmelis. Batai per plaštaką purvini, drobužiai varvėjo ir garavo; kepurę atsismaukęs, girtitelaitis šlitiniavo, maišės po vyrus. Du pypkoriai pas pečių žiūrėdami į jį kalbėjo:

– No, kad ir Petras jau prisikaušęs. Ot, kad pasileido gerti! Kol motynelė pritūrėjo, dar bent gi vyras buvo, o dabar? Zaras nusmuks, praleis viską per gerklę...

– Žinoma, – tarė antrasis. – Kieno geri nagai, to ir gerklė plati. Skrynes kaip nulietas mačiau pardavojo...

– Koksai pirma buvo vyras!.. Kas gi galėjo mislyti, kad ant to ateis.

– Mat po motynos smerčio ranka persimainė, – juokės antrasis.

– Teisybė, persimainė – nė gyvolių, nė duonos nebeliko.

– Ei, Berki, duokš puskvortį! – šaukė Kurmelis, modamas su ranka, o su antrąja, įkibęs Zoliui į apkaklę, tūrėjo. – Gersi, rupūže, mano piršly, gersi!.. Kad tave velniai! – sutratino dantis, iškėlė kumsčią, kaip mieruodamas duoti į snukį.

Kerčioj vyrai, pažvelgę į viens antrą, prasijuokė:

– Mat pačestavos savo piršlį už gerą pačią...

– Ar piršlys kaltas, kad pats pasileido? – atšovė antrasis.

Zolys sukos, išsikalbinėjo neturįs laiko, Kurmelis nepaleisdamas šaukė:

– Gersi, rupūž!.. Ar mano pinigų gailies? Dvi skrynes pardaviau... visitelius pragersiu! O teip!.. Po velniais... gersi!

Berkiukas, iškėlęs plėčkikę su užmauta baronka, antroje čėrka nusitvėręs, grūdos per vyrus prie stalelio netol pečiaus. Kurmelis vilko atbulą Zolį; atsidūrė (atsirado) visi vienoj kerčioj – Kurmelis su Zoliu ir du susiedai, apie juos šnekantieji.

– A! – sušuko Kurmelis. – Ir judu čia bevampsą?

– Ei, Berki, davai už du auksinu plėčką... Tujau, nes kaulus sutratinsiu!.. – čirkš sutratino dantimis. – Gerkit vis, rupūžės!.. Po velniais... Sveiks, piršly!.. rrru... gerk... gerk ant Gorio, mano susiedo!..

– Dėkuo, dėkuo, – tarė sveikindamas Gorys. – Piršlį reik mylėti...

– Ar tamsta misliji, kad negeras? – tarė Zolys. – Kurmelis iš mano rankos turi pačią kaip cibulę jau treti metai... Dabar sūnų kaip rubuilį... Ot, ir šiandien supiršau kitą porą. Man vyksta... jau ir poterus atliko, nedėlioj užsakys.

– Tiesa? – dyvijos Gorys. – Ką čia tokio supiršai?

– Gerkit, po velniais!.. – šaukė Kurmelis. – Piningai dar žviegia kišenėj.

– Supiršau Pranuką Stapučiuką su Kadaite Janike. Prie šio, šit, Zolys rodė į Kurmelį, – užpernai tarnavo. O Stapučiukas, jūsų dvare beganydamas arklius, įtiko ponui. Dabar duoda jam medininko vietą. – Atsisukęs Zolys į Kurmelį: – Tavo uošviai nabagai paliks be vietos – per daug plačiai ėmė elgties...

Kurmelis, žiūrėdamas baltoms, klausės tos malodijos. Paėmęs pilną čėrką, išsirito pro duris. Atsikolęs į sieną, ant vėjo kumsčias gniaužė, kaži ką murmėdamas. Akys jam aptemo, gerklėj smaugė, ausys ūžė, galvoj maišės, – rodės, jog viso miško aktainės ant jo griūva, liežuvis stojo štulpu, nebegalėjo apsiversti; tik dantis griežė do griežė.

– Neėjau į vidų ir neeisiu nė tavęs leisiu. Dar valandėlę palūkam. Jei neišeis, paliksma, – atsimušo Kurmeliui į ausis pažįstamas motriškas balsas. Atsisukęs į tą pusę, plėšė sunkius blakstienus, veizėjo, iš kur balsas. Pirma pamatė purvinus pusbačius, padelkas, kreizus kvartūgo, juodas pirštines, vilnonį skepetą, baltą skepetėlį... ,,Ai, skaistus veidelis... tos pačios! Tos pačios mėlynos akelės!.."

– Jan... Jane, – sustingęs liežuvis negali prašnekti. Atsikosėjęs, nusispjaudęs, atsipūtęs klausė:

– Jane, arrr... tiesa? Zolys... rup... meluoja... sakė: pašnekėk s s s... nebeklauso liežuvis.

Patylėjęs valandėlę, žiūri pusmirkoms, kodėl niekas neatsiliepia. Janikė, užsikvempusi ant pečio jauno vaikio, pašnibždais į ausį kaži ką jam šnekėjo. Kurmelis sutratino dantis, nusispjaudė; pasieniu prislinkęs arčiau, ėmė Janikę šnekinti:

– Jane, arr... nepažįsti manęs... Sako, tu žadi tekėti... Juk aš negirts... pašnekėkim... aš tau...

– Kaip aš nepažinsiu dėdės? – tarė Janikė ir pabučiavo jam į ranką. – Nors retai tematau, bet neatsimainėm teip dideliai, kad nebegalėtų pažinti.

– Sako, tu žadi tekėti ir Zolys piršliu?

– Je, nuteku, jau padavėm užsakus. Šit ir mano jaunikis, – rodė Janikė į greta stovintį Pranuką.

Kurmeliui per nugarą kaip šaltu vandeniu perpylė, pastyrusias akis įdūrė į Pranuką. Tas pečius jam atsuko:

– O, labai pažįstamas! – atminė Kurmelis. – Tik trūksta dar klernatos į dantis... – Aiškiai atminė jo žodžius: ,,Būk gera, mylėk vyrą ir būsi gerai!"

Kurmelis, prislinkęs dar arčiau Janikės, pusbalsiu paklausė:

– O ar tu tikrai aną myli?

Janikė prasijuokė, bet atsakyti nebeleido Pranukas; nutvėręs ją už rankos, tarė:

– Einam, matyti, kad nebesulauksma piršlio.

Tai sakydamas, Janikę vedinas įsmuko į žmones. Kurmelis žiūrėjo, žiūrėjo – prapuolė. ,,Zolys rrupūž...", – norėjo keikti, sutratino tik dantis. Stumdo žmonės praeidami; atsikolė į sieną, dar stumdo. Slinko toliau pasieniu nuleidęs galvą, akis žemyn įdūręs. Juto, kad jį kaži koks sunkumas slėgia ir spaudžia prie žemės; ant akių traukias juodas uždangalas; rankos, kojos stingsta. Užmiršo Zolį ir susiedus su arielka, užmiršo ir savo arklius, vežimą. Kaži kokie paveikslai maišės galvoj: Janės mėlynos akys, Marcė juodais marškiniais, vaikas surūgęs... Ausyse skambėjo aiškus balsas

Marcės: „Negaliu širdies užlaužti, negaliu nė paveizėti." Ant galo ėmė klernatoms griežti visokių dainų natas, visokius šokius, net galva sukos... Karčemoj Kurmelio draugai, kol ištuštino plėčkas, nieko nemislijo. Kaip nebeliko arielkos, ėmė Kurmelio gedauti. Belaukdami jo dar susimetė ant pusbutelkės. Tuo tarpu pradėjo brėkšti.

– Kur tas mūsų Petras prapuolė? – klausė kits kito.

– Jei beturėjo piningų, kitur geria. Ar nežinai? Zolys vėlek juokės savo jaunuosius praganęs. Ir teip visi juokuodami slinko iš karčemos. Lauke smulkus lytus dulkino, bet teip sodrus, net nuo visų pastogių vanduo teipogi ir žmones iš jomarko. Taisės, pliauškė po purvynus kožnas jau ant namų. Išėję vyrai žvalgės Kurmelio. Įsispytrėjo jo arklius rinkoj; susipainioję, galvas nuleidę kvanksojo ant lytaus. Zolys greitesnis – nubridęs išpainiojo ir privažiavo arčiau karčemos. Susiedai teipogi strūliavo apie savo pabalnotus arklius.

– Kurgi dingo tas Petras? – gedavo visi. – Čyst jau brėkšta. Jis girtas... kaip jam reiks parvažiuoti?

Ėjo Gorys už karčemos galo, mažne užlipo ant Petro.

– Šit, kame tas judošius! – sušuko. – Už mėšlų krūvos užvirtęs!.. Visi supuolę ėmė draskyti Petrą, kelti nuo žemės. Kurmelis pabudęs vartė pabalusias akis. Ausyse dar klernatos griežė. Prie to dar prisidėjo garsus balsas bažnyčios varpo, šaukiančio ant poterų. Žvalgės atsistojęs Petras, pilkavo visi pašaliai – tiek žemė, tiek dangus. Lytus su vėju šniokštė, o Kurmelis drebėjo nuo šalčio. Išbudo, truputį prablaivo, pasitaisė diržą, kepurę; nebėra pirštinių už ančio nė votego ant vežimo.

– Einam į vidų, – tarė Petras. – Bene rasiu nors votegą, o pirštines velnias jau paėmė... Ant apmaudo ir šalčio išgersma dar po burną.

Zolys pagatavas, bet Gorys nepaleido Petro: sugreibė kaži kokį votegą ir varė sėsti į vežimą. Betemstant apgraibais išpliauškė namo visi po kits kito. Petras išvažiuodamas dar ant Zolio sugriežė dantis. Raitieji spėriau nubasnojo, o Kurmelis kiūtojo susirengęs ratų vidury; arkliai vilkos koja už kojos viduriu kelio.

– Ko aš čia turiu skubėti? Kas manęs laukia? Nebent Cimbalis? – dūmojo Kurmelis. – Pardaviau dvi skrynes už septynis rublius. Visitelius pragėriau, nė Kazeliui abarankos nepaėmiau. Dar mažas... neišmano... Kad bent kada pasibartų: „Ar tu vyras, ar tu velnias, kam teip geri? Kam visus piningus prasprogai?" – kaip svieto bobos apibara, aplojoja vyrus, o ši ne: jai vis tiek, nors paskutinį balakoną pragerk. Teisybė... Jai niekas nemyla, niekas nemalonu, nė vaiko nemyli, be jokios širdies... Oi tas Zolys prakeiktasis!..

Stojos akyse Janikė su Pranuku ir supuvusi troba Kupščių.

– Išdulkins, aslą išsausins, langus nuplaus... Ot, kad teip galėtų mainyties! Atiduočio visitelaitę naudą, visą gyvenimą, eičio į mišką, į supuvusią trobą prie Janės Kazeliu tik nešinas. O čia į mano vietą Pranukas... Turbūt ir Marcė atsimainytų, nes jį mylėtų... Ženatvė ligi smerčio... brrrum! – susipurtino. Sako, kitur maino pačias arba vyrus... Kad mane kokiai cigonei įmainytų? Nė ta nebūtų tokia... Jau kaip aš ją užlaikau ir myliu!..

Vėjas sušvilpė į pat ausį: „Ne širdies, ne širdies meile!.." – Kurs nieko neturi, nieko ir neieško... Bepigu... apsižaniję bus laimingi.

Stojos akyse Zolys.

– Nelaimė mano, nesusiėjau anksčiau: būčio girdęs, girdęs, kol būtų nusprogęs, – sutratino dantis. – Kam jis anuos supiršo?.. Ar tai jis?.. Anie, matyti, jau mylis... – vėl dantis sugriežė.

Arkliai apsistojo, Cimbalis sulojo ir cypdamas gerinos. Petras atsitiesė: tamsu, nors į akį durk. Ritos iš ratų sustyręs, drebėdamas nuo šalčio; apgraibais numaustė arklius, suleido į kūtę. Pavalkus patėškęs pagal vežimu, kūturo į vidų. Troba nešalta, tik prirūgusi neskaniai. Petro rankos sukimbusios, kiek brėš degtukų, tiek užgesęs ar iš nagų išlėkęs. Marcė knarkia lovoj. Šeip teip užsidegė žiuburį. Ant stalo apipilta bulbių ir kokio mirkalo torielka pastatyta.

– Tai mano večerė, – pamislijo. – Bulbės ir mirkalas užšalęs... Kad teip kokio karštimo torielkelę... brrrum! – suvirpėjo.

Sukiumėjo vaikas lopšy. Petras lenkės, norėjo apkabinęs vaiką pabučiuoti, bet tvaigas toks pašoko, net atsitraukti turėjo.

– Marce, Marce! – žadino pačią, – vaikas neviežlybas, kelkis, apvalyk...

Marcė, virsdama ant antro šono, sumurmėjo:

– By tik nekrok, tekirmėjie.

Atsisėdo Petras ant suolo, truputį apdrungo – snaudulys apniko. Nusivilkęs burnosą, klojos ant galvos, ir su kailiniais virto ant suolo. Dar atsigulęs šaukė:

– Marce, Marce! Motyn! Ar žinai naujyną? Klausykis, ar miegti? Pati atsiliepė.

– Tavo tėvai nebeturi vietos – ponas išmetė. Į jų vietą deda Pranuką, savo arkliganį, o tas žanijas Janikę, kur pas mumis buvo... Užsakus jau padavė...

Paskutinius žodžius sakydamas jau užsnūdo. Marcė pirmųjų žodžių išklausė snausdama, o paskutinieji kaip elektrika užgavo: sėdos lovoj, žvalgės mieguostoms akimis, virto vėl gulti, vertės ant vieno ir ant antro šono, miegai kaži kur tolie nulakstė. Petras knarkė. Marcė atsikėlė, nuvalė

65

vaiką, paguldė, palingavo; atsisėdusi ant lovos, rymojo pasirėmusi: kartą švypsojo, kartą ašaros nulašėjo; vėl atsidūksėjusi gulės ir vėl šokos, švypsojo, pakaitais ašaras braukė. Nusimalšiusi truputį, dūmojo, dūmojo iki pat gaidžių – miegas niekaip nebegrįžo. Laikrodis išmušo tris. Šokos Marcė, atsidūksėjo, pažvelgė į Petrą, išėjusi sužadino šeimyną. Suėjusios mergos į trobą, susisėdo verpti. Suvirko Kazelis. Marcė, išėmusi iš lopšio, apvilko baltais marškinėliais, bučiavo, glaudė prie savęs ir vėl bučiavo, o jos ašaros lašėjo ant vaiko burnelės. Numalšiusi vaiką, paguldė į lovą ir pati greta atsigulė. Vaikas užmigo, o Marcė, pašokusi atgal, liepė mergai nuvalyti stalą ir kurti ugnį, kaisti pusrytį. Mergos pažvelgė į viena kitą ir prasijuokė: ,,Kieno čia šuo pasikorė, kad mūsų poni tokia gaspadinė?" Marcė rymojo ant lovos. Visokie paveikslai ir atsiminimai maišės po galvą. Stojos akyse Zolys.

– Velnanešis, – pamislijo. – Kam jis anuos supiršo!.. Kad jo liežuvis nupūtų, kaip man kad įlojo!..

Vėl Pranukas stojos. Rodos, girdi jo žodžius: ,,Visako pertekusi, būsi poni".

– Rupkės kailis, – pamislijo. – Tepaveizie dabar to pertekimo tujau viską prasprogs.

Pažvelgė į vyrą.

– Pūzro šmotas! – pamislijo. – Nė jis man sakos, kiek iš kur gavęs nė kiek pragėręs... kaip svieto vyrai, kad prieš pačią nieko neslepias.

Vaikas suvirko, apsikabinusi bučiavo:

– Kazeli, tu mano maželeli! Tėvas viską prasprogs, vis girtas, vis girtas... Nors man nieko nesakos, aš dėlto matau, kad gyvenimas nusmuko. Kol tu užaugsi, nebeliks nieko...

Pažvelgusi į vyrą, pamislijo:

– Ant pliko suolo guli... per dieną neėdęs... Atsikėlęs vėl prie darbo į kalvę... Kažin, ar šmotą vakar pragėrė?..

(1896-1898 m.)

Tofylis

Lytus ir lytus per kiaurą dienelę! Tarytum niekumet nebebus giedros: apsiūkęs, apsikniaukęs dangus iš visų pusių. Vėjas vakarinis, debesys dumia ir dumia į rytus, smulkiais lašais vilnydami lytų. Nors smulkūs lašai, bet teip sodrūs, jog žemė visa pasruvo vandeniu; ant smiltyno labai giliai smuko pėda, ant velėnos teipjau padrėko, o ant kietai suvažinėto žvyryno klanų klanai tvaksojo, ant katrų burbulai plūduro, kur lomelėse viena lite vanduo tyvaliojo.

Tokioj darganoj neskrajojo ant oro nė paukšteliai – kliūtojo papūrę kur po šlapiu lapeliu; naminės vištos gūžės į pastoges, su didžiu reikalu tik ant kutnojimo gaidžio prie slieko brido pasikaišiusios; balandžiai, sulindę į čiukurą, brūkuodami pešės ir bučiavos. Antims tai berods gadynė! Kvarkdamos purvinos klumpinėjo, skubėjo iš vieno į kitą klaną, kožname turšės ligi pat akių. Žmonės darbininkai negalėjo darbuoties po laukus; kožnas pastogėj šį tą knyburo, tik kur ne kur matyti – vyrai pasiraitę brido pančiais, brizgilais nešini. O tie piemeneliai vargdieneliai! Aniems nepagados nėra; sušlapę, sušliurę čiūžinėjo apie savo bandelę.

Ant vakaro vėjelis truputį nuščiuvo, lytus praretėjo, nuslinko debesys į rytus, vakaruose, pakraštyj debesų, raudona saulelė leisdamos atsiveizėjo; priešais, antrame pakraštyj dangaus, aiškus kampas vorarykštės pasirodė, valandėlę nušvito visi pašaliai, netrukus saulelė užkrito už miško, vorarykštė išgaišo. Progiedruliais, tarpe debesų, kur ne kur žvaizdelė spyktelėjo. Piemenelis birbyne subirbino, bandelės barškalai ant namų barškėjo. Sodne medžių šakos nulinkusios varvino nuo lapų vandenį; pūkštelėjus vėjui, sukrutėjo medžiai, ir vanduo nubiro lašais ant smiltynuotų takelių.

Sodno gale, nuo siaurės, dvi tankios eglinės eilos, tarpe kelias nugrėbstytas ir smiltinus išbarstytas, o nuo šiandienykščio lytaus truputį pabliuręs; gale tos ūlyčios, tankiame keryne, suolelis, o priešais ant štulpelio apskritas akmuo užmautas. Ant to suolelio tankmėj atsisėdusi jauna mergelė graudžiai verkia.

Mėnuo patekėjęs, prasilenkdamas pro debesis, žiūrėjo per šakų tarpus, tarytum norėdamas paklausti: ,,Ko tu, mažele, verki?" Vėjas, pūkšnodamas stačiai jai į veidą, draikė ant kaktos gelsvus plaukelius, tarytum norėdamas atvėsinti raudonus skruostelius, užkaitusius nuo ašarų, per anuos rietančių. Krūtinė jos kilsavo skausmu ir giliais dūksavimais. Rankeles sinėrusi nuleido į skreitą, žydras akeles, storai ašarotas, įdūrė toli toli į žarą, bet nė žvaizdelių tenai nematė, gilmėj ominės stovėjo gyvai paveikslas vyriškio – sudarios stovylos, garbanota čiupra, žydroms akins, rausvais uostais ir barzdele; apie jį nuoširdžiai mergelė dūmojo:

– Kelintą vakarelį laukiu čia ligi vėlumo! Jo kaip nėra, teip nėra... Iš pradžios visumet pirmutinis manęs laukė arba atbėgusi tučtuojau pajusiu beįšokant per tuinus. Apsikabinęs karštai prispaus prie širdies... arba atsiklaupęs priešais po vieną pirštelį rankų išbučiuos... O tų žodelių jo meilumas! Niekados neužmiršiu, kaip sakė: „Zoselyte, tu mano širdelyte! Už viso svieto grožybes – gražesnė, už visas brangenybes – man brangesnė, už visas saldybes – mano širdžiai saldesnė, už visas žvaizdeles ant dangaus – mano akims skaistesnė!.. Be tavęs negaliu gyvu būti, vienos dienelės nedatūrėčio tavęs nematęs!.. Tu mano širdies patiekelė! Kaip aš tave myliu neišpasakytai ir mylėsiu ant amžių!.. Jeigu aš tau meluočio, sakė, kad mane toj valandoj perkūnija nutrenktų arba kiaura žemė prarytų! Tegul gyvas į peklą įkrisčio!" Žegnojos, pono Dievo vardą šaukė, brostvas bučiavo! Kas gi neįtikėtų tokioms prysygoms? Kas galėtų ir pamislyti, jog tai gal būti melagystė!

Sušnabždėjo šakos, Zosė kaip iš miego krustelėjo, apsižvalgė – nėra nieko. Vėlek apsipylusi ašaroms dūksavo:

– Dievaliau brangus! kur aš dabar dingsiu, jei jis pames, neims manęs!.. Lenkias dabar iš tolo, negaliu nė pasakyti, jog kožną vakarą čia jo laukiu. Pirmiau vienu pažvelgimu, mirktelėjimu susirokavom, o dabar nė žodžių mano nebesupranta!.. Gal ko pyksta? Gal aš kuomi jam nusidėjau? Bet kam teip reikėtų mane varginti, neklausau? Užgynė šokti, į susirinkimus vaikščioti, neleidžia dainiuoti, pagaliau nė šnekėties su niekuomi neleidžia... Viską klausau, kožną užsakymą išpildau... Per tai visi pradėjo juoktis, pirštais į mane rodyti... Neatbočio nieko, bile tik jisai mylėtų... Bet, nelaimė mano, matau jo meilėj didelę atmainą.

Mergelei ašaros kaip pupos rietėjo.

– Perspėliojo, teisybė, mane poni ir gaspadinė, kad neužsitikėčio nė kokiam vaikui. Lindo keli jau pirma, pagaliau ir pats ponas lindo, kur užpuldamas, ne tik į burną ir rankas bučiavo – bet nuo visų laimingai atsikračiau, nes nė vienas neįsmego teip giliai į širdį!.. O Tofylis, nors nė vienai mergai netinka – visos jį peikia, ir aš pati girdžiu ir matau, jog keikūnas ir uparočas, dėlto nieko nemačija. Mano širdelę kaip su lenciūgu prikaustė prie savęs, tegul visas svietas šauktų, jog nebus jisai geras pačiai, neatbosiu nieko, bile tik imtų, storočios iš visos išgalės nulenkti, slaugyti, klausyti, o mylėti be galo... Ir jis mane tumet mylės, nors neturtuose vargčio, visako netekčio, badą pakęsčio, tropysiu vis nukentėti, by tik jį mylėti gaučio!..

– Mylėti... – dūmojo mergelė, – kas man užgins mylėti? Nors ir
pamestų jisai mane, aš galiu širdyj mylėti... Bet kur man reikia dingti
pamestai? Matušelė, kaip man yra sakiusi: ,,Dabokis, vaikaiti! Jei tu kaip
pasidarysi, nepasirodyk man nė ant akių, – išsižadėsiu ant amžių!" –
nepriglaus, nepasigailės matušelė, nė guodžioties jai negaliu! Pulčio prie
ponios, ir ta atstatys... Tūlyd išgins! Sakys: ,,Ko neklausei manęs!" Kur gi
tumet dingsiu? Nieko neveiksiu, niekur globos negausiu... jei bent smertis
susimylės, greičiau prispėtų!
Sukliko pelėda ant pat galvos mergelės. Baisiai nusigandusi, pašoko ir
be atžvilgos nubėgo namon.

***

Šiltame, prikvepintame pakajuj, auksuotais abitais išmuštame, stovi
apskritas stalas, viduryj blizgančios aslos apstatytas minkštomis
linguojančioms krasėms, ant vidurio stalo lempa šviesi kaip saulė, nuleista
nuo lubų, kybo ant švintančių lenciūgų; pusė stalo apmesta pluokštais
laikraščių. Atsisėdęs gale vieną lakštą skaito ponas. Čiupra jo stačia, juoda,
spindinti, kaip susmalinta, akys didelės kaip vabolės, į ką pažiūrėjo, rodos,
tą su iešmais perdūrė. Vyras jaunas, raudonas, suraitytais uostais,
linksmaus veido, gražios stovylos. Poni teipogi skaisti, baltai raudona,
mėlynakė; geltonas karčiukas, garbanotas, papūrentas ant kaktos; eila
žaibuojančių akmenaičių, auksu numazgytų, spinduliavo po jos kaklu;
kreizuoti, išpustyti rūbai varžė liemenį; maželelis laikrodelis, pasietas ant
aukso lenciūgelio, kybojo ant krūtinės; ant rankų teipogi užmautos
auksinės rinkės. Veidas, nors storai apdulkintas baltais milteliais, vienok
nurodė per šmotą vyresnę už poną. Dvi mažos panelytės, papuoštos kaip
lėlytės, bovijos ritinėdamos ant stalo auksinius žiedus; anas dabojo nebe
jauna jau auklė; mažoji pradėjo kaži ko verkšlenti. Poni, pasižiūrėjusi į
laikrodelį, tarė auklei:
– Laikas panytėms jau gulti! Veskis į miegamąjį pakajų, uždek žaliąją
lempą, pašauk Zosę, tegul pataiso joms patalynę.
– Kažin kaip tą Zosę reikia dasišaukti?.. Ašarojo, šniurkščiojo cielą
popietį, o vakare kaži kur prapuolė, turbūt užmigo kur įlindusi... Bepigu
jai... O man nė valandelės pailsio nėra – turiu būti kaip prisieta, pririšta,
nuėjo auklė bambėdama, vienu nešina, antru vaiku vedina.
Poni surinko žiedus, susimaustė ant rankų, atsisėdusi šnekėjo:
– Vienos nelaimės su toms mergoms! Kaip ir ta Zosė: ligi šiol berods
žodžiui bedirbanti; šauk paduoti ką, žiūrėk kitką beduodanti...
susimaišiusi, kaip paklaikusi, tarsi įsimylėjus... Turbūt kas norint apsuko

69

jai galvą arba suvisu apgavo. Prakeikta tų vyrų mada: žanotas ar ne – prie jaunų mergų kimba kaip smala prie tekinio ir čyst jas išpaikina.

Tai sakydama dabojo, kokį įspūdį padarys jos kalba ant pono. Tas tebeskaitydamas jau pradėjo švypsoti, metęs popierių, galvą kinknodamas, juokės:

– Ciapa tu, ciapa! – sako į ponią, – už pirmo tavo žodžio supratau, ką tu nori sakyti. Lygini mane prie tokios šiukšlos! Ant to stelgdamas, argi aš nerasčio kiek tiek vertesnės? Bet aš ne toks žmogus, man to nereikia... Šimtais mergų, nors gražiausios, tevaliojas po kojų – nė viena neprikibs nė iš kelio manęs neišves... Ar nevalnu ant juoko pagirti, katra graži? Bet iš tiesų kad pradėtų kokia lįsti, maučio į žandą, net apsilaižytų!

Juokdamos abu ponai bučiavos.

Patraukė skambalą. Ant to balso tarnas, aukštas, padorus vaikinas, įbėgęs paklausė:

– Ką poni liepsi?

– Zosę šaukiau, ne tave! – tarė poni.

– Nėra jos, auklė šaukė, ieškojo – niekur nedašaukė; turbūt nulėkė prie Tofylio, – juokdamos užbaigė tarnas.

Ponas į tamą akis įdūrė. Poni dyvydamos paklausė:

– Ką? Zosė prie Tofylio laksto?! Ką tu čia plepi?

– Teisybe, poni! Įsimylėjo merga, prisikabino be malonės prie to vaikio, rėkdama, kaukdama paskui jo laksto, tas nė atsikratyti nebegali.

Poni, kraipydama galvą, užsidegė žvakę ir pro duris nusinešė:

– Gali eiti gulti! – pasakė ponas tarnui.

Pats išėjo. Karidoriu eidamas subarškino į vienas duris.

– Esu! – atsiliepė viduj.

– Įnešk man šalto vandens.

Paliepęs ponas įėjo į kitą pakajų. Įkandin paskui jo įnešė Zosė vandens skleinyčią. Pastačiusi ant stalelio, spėriai grįžo atgal. Nutvėrė ponas į klėbį bėgančią Zosę, greitai tylomis kalbėjo:

– Vot, tu melagele! Sakei: „Nemylėjau nė vieno ir nemylėsiu!" Tofylį mat gali mylėti, o manęs ne! Bent pabučiuok!

Zosė sukdamos kaip stums poną į krūtinę nuo savęs, net pasišliejo.

– Šalin! – sušuko, – ne man lygus esi ir nekybinėkis, ne sykį sakiau; o kad neklausysi, tuoj pasakysiu poniai.

– Cit tu, ožka! Tylėk, – draudė ponas Zosę išlekiant pro duris.

Patsai, užsidegęs žvakę, nuėjo apžiūrėti savo vaikų. Kaži ką patyliais pašnibždėjo auklei, ta, nieko neatsakydama, palinkčiojo tik galvą – gerai, gerai.

Poni, sėsdama prieš didžiausį veidrodį, vyturo plaukus ant popierelių.

Zosė taisė patalynę. Poni pirmoji prašneko:

– Niekados nesitikėjau, kad tu būtumei tokia paleistuvė, kaip dabar persitikrinau. Argi tau ne gėda lakstyti pačiai prie vaikių? Laimė dar, jog ponas neužsideda su jumis, o kad tik an juoko pakybintų, po tam nebeatsikratytų. Begėdės, paleistuvės! Dar sykį išlėk tu vakare, tūlyd išvarysiu nuo savęs arba apskųsiu tavo motynai! Išgirsi tu, ko negirdėjusi, arba išpers kailį, tumet nė vaikiai neužstos. Ana prašo manęs valdyti tave, o kad tu neklausai, tesižino, pati tevaldo! Ką tu misliji? Ieškoti sau nelaimės? Vaikis greit tave apčydys, labiau toks, kaip Tofylis – akylas, priglaus? Katrą tu pakaltinsi? Tas paniekins tave, pasičydys, ir ką tu jam padarysi? Kožnas tave pakaltins, niekur globos negausi, niekas nepaguodžios, nes, po teisybės, mergos visada pačios yra kaltesnės kaip vyrai.

Poni šnekėjo ir šnekėjo vis tą patį, nors Zosės seniai nebebuvo. Ta, apėjusi savo darbus, užsidariusi savo kambarelyj, krito kryžiumis prieš Dievo mūką, uždykdama nuo verksmo, šaukė:

– Dieve mylaširdingiausis! Susimylėk, priimk mane į juodą žemelę, suvalyk, uždenk mane nuo svieto akių, gelbėk nuo piktų liežuvių, šią pat naktelę atimk man gyvybą!..

***

Stainėj, purmonų kambaryj, susirinkę dvariškiai kartas lošė, ir lošė iš piningų, iš butelio. Tų nebetekus, iš sierčikų. Pakyrėjus, metę kartas, juokavo:

– Užteks, pakako jau kartas... – sakė laučasis. – Bepigu būtų negriežti su mokančiais, o jūs nė vienas nemokat. Vot, kaip aš buvau prie kniazio Bibikovo, būdavo, susimesma ant kartų, nžsikaisma samovarą, cukraus, romo ligi soties, uliavosma, duosma garą per kiaurą naktį. Įeis ir mergos – svočkos, pakajavosios, išsipaišiusios, tai moja počtienija! Kad prie manęs kibo kaip musėlės prie medaus! Viena – panie Teofil, kita – panie Teofil!..

Kaži kas vaikiukas pusbalsiai pamėtojos:

– Viena – Pantofel, kita – Pantofel!

– Ar tu, durniau, misliji – išrodžiau kaip tu, ablaucha?! Dabar tad apsileidau, o tumet išsipomadavojęs, išsiperfumavojęs, gelumbėtas, kaliošuotas, ciels ponaitis...

– Je je, – juokės tas pats vaikiukas. – Ponaitis Kalešūds!.. Ponaitis Kalešūds!

– Mauči, rapucha! – sušuko laučasis, – sukin sin!

Ir vėl lengviau tęsė toliau:

– Ne tik slūžankos, bet ir pačios pordos seilę rijo, kaip buvau prie grapo

Suvoro. Pats buvo senis, o pati jo jauna, kanečniai buvo užsistačiusi išsivežti mane už gronyčios. Sakė: ,,Durniau, nebijok, apščėslyvysiu aš tave!" Nusamdė potam baron fon de Fleury, išvažiavom į Nižna-Gorod, iš ten – į Paryžių. Viena kupčienė, našlė, buvo užsimaniusi tekėti už manęs... bagota, milijonerka! Kad nebūtų buvusi ruskė, pevnai, būčio apsižanijęs. Kiek aš esu jos tabako surūkęs! Paimsiu iš kromo, norėsiu užmokėti – ,,nie nada, nie nada", šauks iš tolo. Žinoma, reik turėti poznanę, reik atvitoti, ir aš vzajemnie tankiai ją pačestavojau... Buvo piningų, buvo iš ko ir gerti. Ant baliaus prie grapo Naikino, jisai išdavė savo miškuose cesarsko palevonę... Ciesorius sėdėjo sau miške ant krėslo, o ciesarska svita ir senatoriai varinėjo ant jo žvėris. Kaip tik žvėris koks – kyšt, tujau ant tikslo pastatytas liokajus šmakšt ir pakišo desoriui užprovytą gatavai strielbą. Tas paukšt ir nušaus užvarytą žvėrį. Ką tik nepersovė Vilniaus gubernatorių. Jisai užvarė ant ciesoriaus lapę ir pats susitūpęs žiūri, kaip šaus. Tik ciesorius paukšt! – lapei uodega nulėkė, o šratai visi sulindo į gubernatorių; turėjo potam darbo, kol išlupinėjo šratus. Mumis šešis liokajus suskyrė slūžyti pietams į stalą. Pasirėdėm po formos juodais prakais, baltoms kelnėms ligi kelių, pončekos raudonos, užraišiotos mėlynoms stančkoms, su kukardoms žemiau kelių, čeverykai pariski, geltoni, stosovani, kepalušas po pažasties dėl formos... Kaip lėlės vaikiukai visi, o aš už visus čuinesnis. Ministras vnutrenich diel perveizėjo mus, prysygos mus varė prie seno barzdylos popo, tumet už tris dienas slūžmos gavom zaploto nuo ciesoriaus po penkis rublius... O ką padarysi, vis uždarbė. Ir tų pats ciesorius neturėjo, nuo gubernatoriaus pažyčiojo. Man ciesorius, tapnodamas į petį, sako:

– Ti, vierno, žmudiak?

– Da, žmudiak, tolko dvorianin, – atsakiau.

– Vižu, vižu, čto ti krasiv! A bil ti v Krozach?

– Da, tocno tak! Bil!

– No, kaip aš pradėjau pasakoti, kaip ten buvo, kas ten dėjos, ciesorius tik pečius trauko do trauko, žiūrėdamas į gubernatorių kauniškį. Tas man kloniojas do kloniojas, kad nebepasakočio cielos teisybės. Kitą sykį su tokioms vožnioms asaboms perstavojau, o dabar įlindau čia prie jūsų kaip į kokį urvą, nė pinigų nebeliko ir pats čyst apnokau; nebepažintų nė miesčionkos.

– Dabar ir vienos Zosės užtenka! – tarė senis purmonas jau snausdamas.

– Kaip yra sakoma: jog šuo iš bado ėda ir vaboles, – teip ir man Zosė. Kad vertesnės, geresnės nėra, reik ir tokios užtekti, kol pakyrės. Potam spirk į šalį ir – vabank!.. Kiek jau tokių esu perleidęs, ne Zosės bestovinčių!

72

Bet pašėlusią ir turiu ščėstį ant mergų! By tik aš pamislijau ant kokios, galiu iš kalno sakyti, jog jau mano.

– Ščėstį, ščėstį! – atkartojo purmonas. – Tamstai berods ščėstis, o tai mergelei amžina nelaimė.

– Ko norėjo, to dastojo, – atšovė Tofylis.

– Bene per gvaltą ir prisimetė į meilę, tik ir tamsta pats turėjai maždaug šnekinti.

– No, ant to štuka man liežuvis! Dalikatniai, mandriai, kaip imsiu komplimentus šnekėti, malonėties, ne tokias kietas ir mandrias subalamūtijau nesuskaitomai sykių! O Zosę – kas tai man znočija! Vienu piršto pamojimu prikibo kaip smala prie tekinio.

– Užtat tokį nekaltą kūdikį ir negali spardyti į šalį, jei su savo mandriu, kaip giries, liežuviu pritraukei jos širdį, nereikėjo apgaulioti, nes tamsta – vyriška galva ir ne jos metuose beesi. Ne štukos suėsti jauną vaiką ant viso jos amžiaus, reikia ir į savo saužinę pažvelgti.

– Ka, ka, ka! – susijuokė Tofylis. – Dar sumnenę, saužinę dėl mergos! Man kepurė do kepurė, o ana tekirkinies kaip katė kur užpečky! Ar aš nemačiau! Ir Zosė, būdavo, ateis į pliuškę, tai su tais palkusais šoks, dainiuos, dračysis, zlastis mane ėmė. Pastanavijau – mano Zosė! Beveizint nustūmiau visus paršelius... Vot, dabar štuka: ani tibie, ani minie! – juokės, kvakėjo. – Žinos nabagė, jog aš ne jai lygus.

Vaikiukas, kur pirma pamėtojos iš gyrimos Tofylio, dabar nusispjovė į delną, kepurę pasmaukė ant pakaušio, išraudonavęs kaip gaidys, net akys jam žaižaravo. Atsistojo priešais Tofylio, sugniaužęs kumsčias – žiopt, žiopt, nė žodžio neištarė, rodos, liežuvis jo sustingo. Visi pradėjo juokties. Tas pro duris, už durų sukeikė, subrūkavo... Ėmė arklius šerti, o sau ašaras braukė do braukė su rankove.

Troboj bepasiliko vienudu – Tofylis su purmonu. Tas vėlek pradėjo:

– Ar žinai, p. Teofyl, jog nelabai ir tegali lyginties prie Zosės! Tik anai dabar bėda, kol perglabos motyną, o dėl kitko nė kokio stroko. Vyras jai atsitiks, nors ir tujau, nes jauna ir tebėra. Turi tėvo palikimo keletą šimtų, jauna, graži, prie to siūti gražiai moka... Išmintingas vyras jos nekaltins, nebrokys... by tik bus piningai. Dabar tiktai nėra kam užsiimti, čia į tamstos garbanas galėtų įsivelėti už apgavimą.

– No, naujyna! Merga man padarys ką! Kiek yra atsitikimų, jog merga su vaiku atsistoja prie šliūbo, vaikiui kitą beimant. O ką gauna? Klebonas uždaro pirmąją į kiaulininką, kol su kita suvinčiavoja, merga ir pauosto špygą!..

– Su klebonu kita! – sako purmonas. – O kad teip kas motynai patartų... įkištų advokatui kokią šimtinę, teip gražiai įsivelėtų ponaičiui į

73

kailinius! Čia bepigu: gera prova. Merga metų gal septyniolikos, o preikšas daugiau kaip antra tiek amžiaus. Kaip tik aviną sūdas nukirptų. Dėl manęs žinokis, o iš tikros ant ženatvės žiūrėk. Motyna dar nenorėtų už tamstos leisti, ana vilias išleisti už gyventojo kur į žemę.

Tofylis, padūmojęs valandelę, paklausė:

– O kur tuos piningus motyna laiko? Turbūt ant procento ar į banką kur įduoti?

– Kur tau ana duos ant procento, tokia kytra boba!

– Turbūt prie savęs laiko, slepias, niekam negirias turinti... pagaliau nė Zosė nežino, tik mano pati, kaip jos giminaitė... Jai parodžiusi ar penkis šimtus, sakanti: ,,Zoselei tėvas paliko, kaip nutekės, atiduosiu."

Tofylis tylėjo, purmonas, užsikūręs pypkę, vėlek šnekėjo:

– Aš nesuprantu šios gadynės vaikių meilės... Nieko daugiau netyko, by tik prilįsti, by tik apgauti! Kokia ten nebūtų merga, be kokio skyriaus... Ir tuomi giriasi, dar didžiuojas... Pfu! kas ta do meilė, po velniais!.. Kitą sykį, kol aš išsiskyriau pačią, būdavo, patiks kokia merga, žiūrėsiu iš tolo, žiūrėsiu ir šeip ir teip, kamantinėsiu, bet jai to neparodysiu, jog ana man patinka... Truputį ką pasergėsiu ant jos kokią kliaudą: idi siebie k čiortu!.. Be jokios nuoskriaudos ir be priekabės... O pažinęs šit savąją kaip įsimylėjau, tai nė šimts velnių nebūtų mane nuo jos beatitraukęs... Pagatavas į vandenį ar į ugnį šokti, by tik jos širdį pasiekti... O pirma mylėti, vilioti mergą, pakyrėjus apjuokti ir paspirti amžinas galgonas teip tegali daryti!..

Tofylis pakrankščiojęs tarė:

– Panie Katauski! Esi svietavas žmogus ir ne vieno pečiaus duonelę valgęs, turi tiek razumo ir išmanai, jog aš esu stone ir galiu į vertesnę kibti, kaip į Zosę... ale aš ne toks žmogus; nors mizerna mergelė – nepamesiu jos... Kaip yra sakoma, reik vieną kartą apakti. Apsižanijus vienas smertis berūpės... Tuo tarpu labanaktis!.. Kitą sykį apširniau pašnekėsma.

Purmonas, įėjęs gulti, juokdamos pasakojo savo šnekalą su Tofyliu.

***

Sena, maža, sulinkusi trobelė prastai išrodo iš lauko, bet viduj labai viežlybai: asla iššluota, smiltims išbarstyta, langeliai, stalelis nušveisti, lova baltai pataisyta... Moteriškė nebe jauna, baltu skepeteliu galvą apskritai susirišusi, po langu kaži ką knyburo, – turbūt tos trobelės gaspadinė. Antra per šmotą jaunesnė, švelniai apsidariusi, įšoko pro duris.

– Tegul bus pagarbintas Jezus Kristus! Dėdynel, ką beįdiktuoji?

– Ant amžių amžinųjų. Viešnia nebuvėlė!.. Musėt, jau dvaro šunys išsikorė, kad tu prie manęs atėjai?.. Ką tik ketinau eiti prie jūsų paveizėti, bene išdvėsėt... Nė Zosė niekumet nebeatitabaluoja. Kas begirdėti po dvarą? Sėskis.

– O kas ten bus geras girdėti, dėdynele... et, tiktai makalai, tabalai, ir maišomės kaip po šiupinį.

– Ir aš kartu, – tarė senikė sėsdamos, – sapnuoju kožną naktį: vargstu žūnu, po purvynus braidau, vis po dvarą... Bausiuos, bausiuos eiti prie Zosės, rodos, by nedrąsu lankyti, lauksiu kožną dieną, ana bene atitrūks, valiūkė. Ir nepasiilgsta manęs!

– Dėdynele, žinoma, slūžma... Kur pamislijęs, neišlėksi... Košė boba žodžius per dantis, žiūrėdama dėdynai į akis. – Kaži kas ir Zosė... paliko teip nesmagi, be jokio linksmumo, niekur nebelaksto... ir prie mūsų retai beatbėga...

– Musėt, poni pritūri, – paklausė senoji.

– Kažin, dėdynel, ar ten poni įkremta, ar darbo nevalioja... Tokia išbalusi... Tankiai matyti užsirėkusi... gal serga... arba valgis netinka... nežinau ko... tik Zosė atsimainė dideliai!..

– Ką čia teip yzgi? – sragiai paklausė senoji. – Bene pajuokė jau biesas Zosę?.. Na, jei tą velnias pasuko, ir blogai pasidarė, – sako, kumsčia mušdama į stalą, – tai vaikas išmanytų Jezaus malonę!..

– Dėdynele, tamstai vaikas do vaikas! Kad ir teip būtų, dėlto nieko nepadarytumei, reikėtų dovenoti...

– Nepadaryčio... ką tu čia plepi? – sušuko išraudonavusi kaip kalakutė boba. – Dovenoti?!. Mat plepalas... Nepadaryčio!? Kad duočio, kad duočio tai bezliepyčiai, dvasios pasiklausydama! Tave ir tavo vyrą, ir tą jos preikšą priperčio, galva ne galva... Ponams akis išbadyčio, – uždykdama boba traukė.

Lakstydama po aslą, vieną grobė, kitą metė ir vėl grobė: tai skepetą ar puodelį, tai kėdę pastūmė ir vėl patraukė, šėlo, uparojos, keikė Zosę, su velniais maišė.

Jaunesnioji juokės tyloms, žiūrėdama į tokį įniršimą; potam pratarė:

– O ką padarytumei, dėdynele?.. Pertumi, pertumi visus nuo krašto, ant galo pavargusi ir dovenotumei!..

– Kad tu nesulauktumei!.. Bet palūkėk tu, padla! – gražojo pripuolusi artie. – Ir tu augini vaikus, nežinai, kaip ir tavosioms gal nušlypti!

– Žinoma, dėdynele, jog auginu ir myliu, o nežinau, kokiais bus; tik tą žinau aiškiai: kol tik gyva būsiu, didžiausioj vaiko nelaimėj arba nusidėjime niekados neišsižadėsiu, bet visada kaip įmanydama gelbėsiu ir priglausiu.

– Kad duodi patuką paleistuvams, musėt, ir pati tokia pat buvai... O aš ne! Žiūrėk, mes buvom penkios seserys, kitos nebe jaunos nutekėjom, o ar pasileidom bent viena? Mūsų giminėj nebuvo mergos su vaiku ir nebus! Išsižadu Zosės, jei teip pasidarė! Nė savo akimis nenoriu jos matyti!.. Tesprogstie šiandien pat kartu su savo benkartu... Aš aną prakeiksiu, užmušiu!..

– Liaukis, dėdynele, nekeik be reikalo, jug nieko dar nematei, nė jokios paleistuvystės... Teofylis, mūsų laučasis, įsimylėjo, įsityžo Zosę žanyties, manojo prašo piršti, dėl to vaikas paliko rūpestinga ir nuliūdusi, o blogo nieko nematyti tarpe anuodum... Kožna tekėdama rūpinas.

– Užtat teip ir šnekėk, tarė jau truputį atlyžusi senė.

– Tik, dėdynele, nelabai mums tepatinka tas jos kavalierius... Nesumanom, piršti ar griauti... bijom, kad neprapultų mergelė ant viso amžiaus... Bene būtų verčiau vienai vargti, norint ir su vaiku, saugok Dieve, paliktų?..

– Šitaigis tau ir čia kalba! „Nepatinka", „kad neprapultų"... niekada nutekėjusi merga neprapuola... Vyras, truputį vertesnis už velnią, by tik ne luošas, ir pamaitina pačią... Negriausiu, netrauksiu, nevilkis. By tik ima Zosę, taisysiu ir duosiu, ką besumanysiu savo ženteliui... ir tavasis teperšie... Ar tumet bus laikas, kaip jau stroks užeis?.. Tumet, nemislyk, ničnieko neiškaulytų nuo manęs... Atsižadėčio Zosės ant amžių!..

***

Rudens diena norint ir saulėta, šviesi, bet vėjas labai žvarbus. Ir motriškųjų, paprūdyj skalbiančių, nosys paraudonavo kaip slyvai; bet anos, neatbodamos šalčio nė šiaurės vėjo, smagiai klegėdamos darbavos, o kad praplyšo dainiuoti, tai laukai skleidės!.. Zosė vedė, kitos pritarė; juo našiau daina kilo, tuo spėriau apie plovinius šarpavo. Zosė net tekina laksto, kožnai bobai padeda; perveizi, pagrobs kūlimą, nulekia, išdžiausto ir vėl pagrįžusi dainiuodama šarpuoja.

– Storokis, Zoselaite, baltus plovinius atiduoti pastarąjį kartelį, sako purmonienė. – Man rodo, paminės ir poni tavo darbą: begu tropys kita teip ištaisyti... Kažin kokią pakajavąją parveš šį vakarą?

– Zoselė ščyrai tarnavo keletą metų, užtai poni jai dorą veselę pakels.

– Kur čia ne! – pridėjo kita. – Gaspadinė antai treikėja, kad reikia tiekties, alų daryti, pyragus kepti...

– Kaip mat nepaslenka!.. Rodos, ponų naudos gailis... Ko tau tingėti, by tik ponai neskūpauna!

– Geri mano ponaliai, geri! – Zosė gyrė. – Ne tik veselę man kelia, bet dar kaip apdovanoja!.. Duok Dieve jiems atpelną! Naujitelaitę siuvamąją mašiną man nupirko, kur kelias dešimtis kaštuoja... Kame kitus ponus tokius rasi?

– Ar jūs žinot, mergelės? – sako apysenė boba. – Aš, Zose dėta, nė skersa neveizėčio į tą Topolį! į ką tu ir įsidomėjai, mergele!? Kad bent doras būtų žmogus! Tik su liežuviu temoka gyventi: tai vieną, tai kitą įsikandęs prilos, priskųs ponui... Paėdė širdį visiems.

– Visada doroji merga turi patekti blogam vaikiui... Bene tas Topolis bus doru vyru? Prapuls jauna vaikas, įkris kaip musėlė į išrūgas. Motyna dėta, niekumet neleisčio, ir man jis netinka.

Šnekučiavo bobos tarpe savęs pusbalsiai, potam balsu paklausė Zosės kaži katra:

– O kur tave išves tas Topolis po veselės?

– Niekur. Būsma čia pat ligi metų galo Tofylio. Ponai mane laiko, neskundžia man duonos.

– Zose, Zose! – šaukė kaži kas užpakalyj. Visos bobos atsisuko beateinąs Tofylis, kaži ką baltą sugumūturtą gumuliuką nusitvėręs.

– Ką teip įsitarškėjai? – sako Zosei. – Musėt ausys kruta ar užkimštos, kad negirdi mano šaukimo! Dėl ko mano bielizbos brūdnos nesurinkai išplauti?

– Rinkau, ieškojau, neberadau daugiau...

– O manęs pasiklausti negalėjai?! Tikra pliozė, nesakyk į tokią! Per tave gavau (turėjau) pats nešti teip toli... Išplauk ir tuos, še!

Kaip metė Zosei atneštąjį kukulį, ir apskleidė visą jos galvą. Užsiskleidę marškiniai pasirodė bjauriai suteršti. Zosė numetė nuo galvos. Bobos – žvilgt, žvilgt į kits kitą.

– Vot, tu šalaputriau! – sušuko purmonienė. – Džiaukis, jog Zosė nepikta. Kad teip man, įduotumei kauzūrus už tokį darbą!

– Prabočyk, ponytele! – kloniojos Tofylis, pakylėjęs kepurę. – Norėjau per kojas, tropijau per galvą, – juokdamos nuėjo atgal.

***

Senoji matušelė šį vakarą ir langelius mažne praveizėjo: kur bus buvusi, šoks prie lango, apsižvalgys po trobelę, šėpelį pravers, pasižiūrės, nuo puodelių musėles nubaidys, ir vėl žiūri pro langa.

– Musėt kojas už galvos ir užkilnojo, – bambėjo savyj, – čyst jau pavakarė, o dar nėra.

Skrynės viršų pakėlusi, pavartė, panaršė skaras, užvėrusi vėl prie lango; ant galo kalelė sulojo ir pasigerino. Įbėgo Zosė pailsusi, pabučiavo motynai į ranką.

– Kur anuodu pasiliko? – klausia motyna. – Ko teip vėluojatės, negali
nė sulaukti.

– Tučtujau ateina... Truputį pasiliko. Zosė puolė ant kelių prieš
motyną, pagrobusi rankas jos, bučiavo, verkdama meldė:

– Matušele, matušele! Pasigailėk manęs, pasigailėk!

– Kas tau rados? Ko tu nori? Ar pablūdai, ko verki, sakyk?

– Matušele, balandeli! Gelbėk, nebeleisk manęs už vyro, priglausk
mane vieną... Dirbsiu, storosiuos, siūsiu; ką tik užpelnysiu, viską tamstai
atiduosiu...

– Dėl meilės Dievo! Musėt tu iš proto išėjai?

– Neišėjau, matušele, neišėjau, bet įgijau proto! Atsivėrė man akys,
matau, jog prapulsiu aš už jo... Nemyli ir užvarinėja jau dabar mane...
Verčiau nebetekėti, vieną kartą nukentėti, ne ko visą amžių verkti... Visos
bobos ir Marcelė tokią duoda man rodą... Mamaite, susimylėk!

– Vot, tu padla, bestija! – šaukė motyna, atšokusi atbula. – Kokių
išmislų bereikią! Bobų liežuvio klausyti? O man užkarti tavo benkartą
auginti? Ne, to nebus niekados!.. Tiko jis tau pirma, tur tikti ir dabar...
Pasikloniok dar jam, kad tavęs nepametė apteršęs... Šiukštu, kad daugiau
to nebegirdėčio!.. O kad imsi ožiuoties, kaip matai, pagalį paėmusi išpersiu
kailį! Arba von man ir iš akių!.. kad daugiau nebematyčio tavęs nė tavo
benkarto!..

Tuo tarpu įbarškėjo purmonas su Tofyliu, abudu jau įšnabaravę su
mamunele, pašurmuliavę po aslą, pasistatė ant stalo arielkos plėčką.
Motyna pristatė užkandos, susvadino visus vaišinti.

– Mamunele, lenk ligi dugnelio, lenk, prašom!

– Negaliu, ženteli, negaliu! – teip macni!

– Kad negeri, nemyli manęs, mamunele!

– Kur čia nemylėsi tokį pūronelį! – sakė motyna, glostydama Tofylį. –
Tai mano žentelio gražumelis, kaip pūrinis dobilelis! Kožna tavo garbanelė
verta po šimtelį...

– Kad aš buvau po miestus, – pradėjo rokuoti Tofylis įsiręžęs,
Paryžiuj... prie grapo Golubovo, nė iš tolo...

– Kam čia užvedi ilgą kalbą! – pertraukė purmonas. – Man reik skubėti
namon... šnekėkit, kas reikalinga...

– O kas? Reikalinga bus kalba!.. Šit parodysiu mamai žiedus šliūbinius
kokius nupirkau, – pastūmė ant stalo žiedus.

– Oje, kokie spindį! – džiaugės motyna čiupinėdama.

– Užtat brangūs, – tarė Tofylis: – anie yra čysto (tikro) aukso, dente...

– Kas tai yra dente? – klausė motyna.

– Tas žodis lenkiškai išsivirožija – storas arba lietinis... Kiti žiedai ar špilgos yra tuštviduriai, pūsti, tai lenkiškai vadinasi masiv. Toks auksas pigesnis, o mano tie žiedai brangesni... Manęs niekas neapgaus, aš persimanau ant cenos.

– Kam tokius brangius pirkai?.. Užtektų ir pigesnių.

– Aš žmogus ne prasčiokas ir ne mužikas... Man, jei ką perku, nors brangiausiai užmoku, bet tur būti akuratniai, daskanalus daiktas, o prastą, pigų možna verčiau nepirkti... Kiek aš aukso esu perleidęs per savo rankas!.. Kaip buvau ant obovionzko prie pono Žulikovo Novoaleksandrovske, strošna, kiek ten kromų.

– Klysti jau iš tako kalbos, pone Teofyl! – pertraukė purmonas. Verčiau trumpai, pasikloniojęs matušelei, sakykis, ko atėjęs; ant galo ir ana pati numano, ko mums trūksta prieš veselę.

– Numanyti numanau, jog piningai visumet yra reikalingi, bet ir pas mane nėra pertektinai...

Krapštinėdama galvą, motyna pravėrė skrynę ir išėmė sulankstuotą popierelį, ir išvyniojo iš jo pluoštą bumaškų, ir padėjo ant stalo prieš Zosę.

– Še! – sako, – vaikaiti, tavo penkios dešimtelės, kur tu pati užsipelnei ir pas mane dėjai; atsiimk dabar pati arba vyrui atiduok, tavo ant to valia...

Tofylis, nieko nelaukdamas, suglamžė pinigus, sakydamas:

– Zosiunele, mano dūšele, dabar aš tavo apiekūnu... Kas tau trūks – mano rūpesnis, o tu mane tik šenavosi, klausysi, mano paliepimus pildysi, gerai ar blogai padariusi, niekumet prieš mane nemeluosi būsi mylima... Aš esu geros širdies: kas man paklusnus, be galo myliu, su pakara paskutinį možna nuo manęs ištraukti... Kad teip keltumim veselę mieste, pamatytumei, ko nebūtų: visokių trunkų, ciastų, bakalų, pulkava muzika... Užpirkčio drončkas svečiams važioti... Aš jau toksai žmogus: kad ką provyti, tai šumniai, vistauniai. Užtat, kur pasisukau mieste, visur mane magnatu vadino... Kitą sykį nuvažiavom į Čenigorską, begaliniai didelis miestas!..

– Matušele! – pertraukė purmonas, – atidavei piningus Zosės locnuosius, ogi nuo savęs ar nėmaž nedadėsi ant pirmos pramatkos?

– Vaikaičiai, kokio čia norit dadėjimo?.. Jug ką tik turiu, kokius truputelius – visteli jums pateks: tą vieną teturiu vaiką, ana mane iškaršins ir naudelę visą sugerbs... Ženteli, matau, jog esi geriausias žmogus, mylėsi pačią, musėt ir manęs neapleisi senatvėj, teipogi ir pats nuo mudviem būsi be galo mylimas.

Tofylis, užmaukęs jau gerai arielkos, sugraudintas pagyrimu motynos, įpuolė į tokį širdingumą – bučiavo rankas kojas motynos nuoširdžiai, mažne su ašaromis kalbėdamas:

– Mamuniečko brangioji! Saugok Jezau, neišgirsi nuo manęs niekumet

grubijoniško žodelio tamsta nė Zosiunė... Šventas aniole, sergėk! Jei turėčio jums kokią priklastį padaryti, verčiau gyvas į peklą įšokti!..
– Gana, gana, tu mano balandeli, širdies mano patiekele! – verkdama matušelė glostė, bučiavo Tofylį. – Tokį brangų žentelį gavusi, bent laimingai amželį pabaigsiu!..
Zosė, pirma nuliūdusi, dabar iš džiaugsmo net ašarelę nubraukė, dėkavodama širdyj matušelei, jog ją subarė ir neleido atsitraukti nuo tokio brangaus vyro.

***

Dabar Zosė jau linksma, užganėdyta ant viso amžiaus, dasiekė ant galo, ko teip dideliai troško, meilė Tofylio nebepertrūks ligi grabo lentos.

Po veselės, persikėlusi į vyro kamarelę, suko sau lizdelį ant gyvenimo; aptaisė, apvalė kerčias, perveizėjojo drobužius... Menkus teradusi, parsinešė nuo matušės porą ritinelių drobės, siuvo vyrui reikalingiausį apdarą. Nė iš ko teip nedžiaugės, kaip iš mašinos: teip gerai ir lengvai ėjo, kaip ant sviesto.

Vakare, vyrui iš miško parėjus, globstė jį, bučiavo, šildė, kojas nuavė, padavė šiltai laikytus pietus, šnekino maloniai, rodė savo dienos darbą, sakydama:
– Tofyle, šit pasiuvau aštuonerius tau marškinius, dar ketveri bus. Žiūrėk, ar mieroj apkaklikės?
– Su tokiais marškiniais, – tarė Tofylis, skersoms žiūrėdamas, – į čystus mužikus reiks pavirsti. Nebeatmenu, kumet naminiais devėjau. Kaip pašėlę braižys nugarą...
– Širdelyte, dabar jau teks naminiais devėti, nes tavo krominiai visi skindeliais nutrūko, o tie, nebijok, nebraižys: tokia plona drobelė, dar išmagliuosiu, bus kaip bovelna.
– Kas čia do per pasiuvimas! Pfu! – spjaudės Tofylis, vartydamas marškinius. – Rankovės – kaip terbos, kvaldai – kaip sijono, apkaklės kaip vėdarai... Kad nemokėjai, reikėjo manęs pasiklausti, būčio pamokęs po formos pasiūti... O tu nemoki, navet nė matyti dar nematei bieliznos dorai pasiūtos. Papratusi mužikiškai, ir mane nori tokiais apvilkti... Neprilyginsi mane... galėsi pati dėvėti...
Teip bambėdamas, užsikūręs papierosą, atsigulė.
Zosė savo pasigyrimu vyrui atsimušo nuo jo žodžių kaip nuo kietos sienos. Skausmu ir apmaudu jos kakta nuraudo, o mašina spėriai sukos, barškėjo ligi vėlumo.
Led paspėjo Zosė vyrą apsiūti, dvariškiai beveizint apmetė ją darbais:

vaikiukai pirko drobes, perkelius arba naminius, prašė, meldė pasiūti, nes labai dailiai Zosė įgebėjo... Todėl neapsikopė siuvimu; nebuvo tos dienos, kad nepaimtų už keletos auksinų.

Priebrėkšmais, atlikę nuo darbo, rinkos dvariškiai prie Tofylienės: vienas atimti darbo, kitas įduoti, kitas pasimieruoti arba užsimokėti. Vyras parėjęs randa Zosę visada ne vieną, už pirmą sykį susiraukė, potam subambėjo, ant galo vieną vakarą, išsirinkus vaikiams, labai sragiai sušumijo ant pačios:

– Paleistuve! Tu begėde!.. Atmink, Zose, jog tu mane išvesi iš kantrybės! Aš tave su tais tavo vaikiais – visus išpersiu! Tik aš ne toks žmogus, nenorėjau šį vakarą tau gėdą padaryti... Tegul tik rasiu kitą sykį, atmink, įduosi kailį.

Zosė nusigandusi didelėms akims žiūrėjo į vyrą, nesuprasdama priežasties jo apmaudo; potam, bučiuodama jam į ranką, maloniai paklausė:

– Tofylyti, dūšelyti! Ko teip apmauduojies? Ką čia bloga pamatei? Jug vaikiukai ateina dėl siuvinių. Ar už tat pyksti, jog per nedėlią uždirbau trejetą rublių tau ant taboko!

Tai sakydama, siekė vyrą pabučiuoti.

– Šalin, po velniais! – pastūmė vyras Zosę nuo savęs: – neprašau aš tavo uždarbės, gavai už mano galvos duoną, ir ėsk!.. Pamatysiu daugiau besiūnant, mašiną su kirviu sukaposiu, ir tau pačiai tiek berasis! Trumpai pasakau: nebevožykis daugiau tiems palkusams besiūti, jei nori sveiką kailį savo dėvėti!

Ką padarysi, Zosė turi išmintingo vyro klausyti: vienam pabaigė darbą, kitam – ne, bet visiems atidalijo siuvinius, pasisakė nulaužusi adatą, nebegalinti siūti; mašiną į skrynelę uždarė.

Be jokio darbo ilgu Zosei; parsinešė nuo matušės keletą dešimtelių linų, pasižyčiojo kalvaratą. Parėjęs vyras vakare rado Zosę beverpiančią. Pašokusi nurėdė vyrą, nubučiavo, nuglamžavo, padavė valgyti, pataisė lovą, pati atsisėdo verpti... Kalvaratas truputį tarškėjo.

– Vot, ko nekenčiu baisiai, to praklianto verpalo! – tarė Tofylis valgydamas. – Net ausys mano bijo to plerpinimo... Mesk, po biesais, tą ožį, bo kad spirsiu, tuoj į smulkius trupinius supiškės!.. Ar ne velnių darbininkė! Verpalą pasiims pasigirti darbumu arba man ant zlasties... ko nekenčiu, tą dirbi!..

Zosė tylėdama kalvaratą pastatė į kerčią ir juokdamos paklausė:

– O ką dabar dirbsiu?

– Pirštu rūrą užkišusi, saldų tancių šok!.. Dar mat erzins kaip piemenį!.. Aš su tavim kiaulių neganiau, juodnugare!.. Chamuvka!.. Tokią teturi poznanę, neišmanai savo ščėsties už mano galvos... Kitas mano vietoj tau tokios loskos nebūtų padaręs... Šunį apsikabinusi, būtumei bekaukianti... Teip bebambėdamas, užsimovęs kepurę, kaži kur išėjo.

Zosė nuliūdusi dūmojo, dūmojo, laukė vyro ligi vėlumo, bet nebejuto, kokiu laiku jis parėjo gulti.

Zosei per kiaurą dieną be jokio darbo be galo prailgsta. Šen ir ten pasivalkiojo, potam, nuėjusi prie ponios, paprašė ką norint dėl paskaitymo; poni, žinodama, jog Zosė mėgsta skaityti, prikrovė jai kningų cielą malką. Zosė džiaugdamos parsinešė cielą klėbį.

Vakare vyras parėjęs rado Zosę su kninga rankoj. Spėriai pametusi ant stalo kningą, šokinėjo, puolinėjo apie savo vyrelį, taisydama ir paduodama, ko tik jisai pagedavo. Rodos, nebebuvo jam nė kokios priežasties dėl barimos, priešingai, šį vakarą teip nusiteikęs, jog papasakojo keletą atsitikimų, kitą sykį datirtų po miestus. Pakyrėjus šnekėti vienai klausytojai, išėjo prie purmono ant kartų.

Zosė atgal pasiėmė kningą. Vyras po valandos sugrįžo gulti. Kaip tik pro duris, tuoj ant pačios kaip pašėlęs paleido gerklę:

– Maldauninke velnių! Ar į biesų miničkas įsirašei? Per naktis sėdėti įsimerkus į biblioteką! Čia vieta tavo kningai!

Tai sakydamas, capt kningą pačiai iš nagų, švilpt po lovos...

– Pūstodomka! Žiuburį deginti dėl tokių glupstvų! Pasiimtumei verčiau darbo!.. Berazumiai tik teskaito... ir pablūsta, išdurnėja, o tu ir be tų kningų mažai teturi razumo... skaitydama ir to paties nustosi...

Teip išmisliodamas abelnai ant visų skaitytojų, užpūtęs žiuburį, atsigulė.

Zosei suspaudė skausmas kaip su replėms širdį, net prakaitas ją apipylė. Ilgai, ilgai klūpojo, suglaudusi delnose veidą prieš paveikslą Nukryžiavotojo, karštai melsdama sau kantrybės.

Dieną, išėjus vyrui, Zosė vėlek įsimerkė į kningą; sėdėjo prie stalelio užpakaliu į duris, pajuto, jog, vyriška ranka apkabinusi jos galvą, pabučiavo. Saldžia šilima apkaito Zosei širdis iš džiaugsmo, jog vyras netikėtai, o teip širdingai ją pasveikino. Meilingai atgal glaudės jam prie krūtinės. Tik žvilgt – ponas! Šokos Zosė kaip iš ugnies, stojos priešais nuraudusi, peršovė jį akimis, tarytum klausdama: ,,Ko čia valkiojies?", nes iš išgąsčio ir apmaudo nebeišdaužė nė žodžio.

Ponas švypsodamas maloniai ištiesė prie jos ranką, tardamas:

– Zoselė, argi tu nebeatvirsi į protą? Matai, jog aš tave myliu ir tiek gero tau padariau! Dabar drąsiai, be baimės jau gali mylėti mane, nes, vyru prisidengusi, nebeapsikeldinsi kalboms, o nuo manęs dideliai daug pelnysi... Ar zgada? – klausė imdamas ją už rankos.

Zosė, atšokusi porą žingsnių atbula, drebančiu balsu atšovė:
– Ne, ne! Nenoriu tamstos nė pamatyti! Vakare parėjo Tofylis labai nusiteikęs, linksmai šnekėjo, daug pasakojo, o nuo jo dvokė pati arielka.

Zosė savo papratimu nurėdė vyrą ir patarnavo tylėdama, nes pati kaži ko nuliūdusi, nesmagi, kaip nesavyj vaikščiojo. Vyras tai užtėmijo; apsikabinęs pačią, pasisvadinęs ant kelių, malonėdamos klausinėjo:
– Dūšelyte, ko tokia nelinksma, kaip nusigandusi? Bene trūksta ko? Šaukis drąsiai, man sakykis, turi manyje užstovėją ir apgynėją. Jeigu kas užgautų nors žodžiu skaudžiu, žinai, jog aš už tave į ugnį ar vandenį pagatavas įšokti.

Apdrąsinta Zosė vyro meilingumu, apipasakojo šiandienykštį atsitikimą su ponu. Tofylis, akis pabalinęs, kaip stums pačią nuo savęs.. per vieną ausį, per antrą ausį!.. Net pasišliejo Zosė ant žemės. Dar su koja spardydamas, drebančiu iš uparos balsu krokė:
– Paleistuve! Bestija! Padla! Von, von iš mano akių!.. Aš tau sakiau – neužsidėk su kitais, nepaleistuvauk! – švarkštė apsiseiliojęs, uparojos. – Dabar išmanysi mano ranką, turiu aš tave perveikti, turėsi liauties kumet!..

Zosė, pabūgusi nelaimingo smerčio po kirčiais vyro, šlitiniu klupiniu led išspruko pro duris, atsitolino jam iš akių. Bėgusi būtų ir bėgusi kur į kokį nepasvietį pasislėpti, bet nebeliko sylos, nebepastengė toliau... čia pat už keliolikos žingsnių pakrito patvoryj. Akys aptemo, ausyse skambėjo, galva ūžė, sprogo skausmu, širdis jos tvaskėjo baimėj, rankos, kojos drebėjo, klaksojo kaip apmirusi, nebenusimanė kame gulinti arba kiek laiko... Pajuto tik netol savęs balsą, klausiantį panaktinio:
– Ar nematei, kur mano pati nuėjo?

Atsakymo nebenugirdo.

Zosė stelgės atsisėsti; suremta dyguliais, graudžiai suvaitojo... Ant to balso puolė Tofylis; sugreibęs pačią, atkėlė skaudžiai dejuojančią ir skubinai įsivedė į vidų. Zosė, drebanti nuo šalčio, numetė viršutinį drobužį, skaudžiai vaitodama gulės į lovą. Tofylis užsikūrė papierosą.
– Pfu! Po velniais! Kokie man žygiai dėl tavo durnystės! – bambėjo atsisėdęs. – Kiek man miego trūko... aptekau visur... Prie purmonų ir prie gaspadinės nėr! Reikia mat slapstytyis patvoriais kaip kurapkai!.. Laimė dar, kad tamsu... gal ir niekas nematė... Tokios beprotės teip ir apsišlovina tyčioms... Potam vyrą kaltins... Aniek čia sublošksiau!.. Ir lakstys dėl niekų! Padaryk tu man teip kitą sykį!..

Zosė, dar apkluikusi, neatsitekėjusi nuo išgąščio ir šalčio, kuždejo susirengusi... Nenugirdo pirmųjų žodžių vyro, bet „padaryk tu man teip kitą sykį!" Pervėrė baisiai širdį... pažino savo laimę nutekėjimo, paregėjo

83

jos pabaigą toli... grabe.
1897 m.

Sutkai

Pavasarelyj gražus ir tykus oras. Saulelė netol laidos lėdvesniai jau bešildo; šviesa jos, teipogi lengvesniai apšvietusi įkypai miškus, tarytum pasilenkusi pro pakočias, žiūri į skleidžiančius lapelius, sprogstančius pumpurelius ir ant žemės klestančias žoleles. Pirmutinės balos didžiavos pranokusios kitas žoleles; apgožė kiminus, paslėpė po savo lapų skujus ir rudenį nubirusius lapus. Džiaugės savo užaugiu, pastiepusios ilgus sprandelius; baltuosius veidelius atgrėžusios į saulelę, tarytum dėkavojo už pirmutinį išauklėjimą. Garbanojos, baltavo, žaliavo, klestėjo apsiautusios kelmelį, kožną kuitynelį. Kur tik miške progumelė, ten būrelis, kitur būrelis; o kur didesnė plotmelė, tarytum drobulėms priskleista. Trakuose, po krūmus ir žolynus, nedrąsios pijolkos slapstės, lapeliuose įsikniaususios, žabareliais užsuskreibusios, kiūtodamos žolynelyj kvepėjo. Pakraščiais miško kaip jaunosios prie venčiavos baltais rūbais pasirėdžiusios klestėjo ievos. Gretomais jaunos eglelės, skujų raudonais burbeliais šakos apkibusios korulo. Per vidurį miško ištiestas siauras kelelis, tankiai perkirstas skersai įdubusiu sušliaužiotu takeliu, katruomi priešų priešais kužėjo darbininkės skruzdėlės, niekos joms nekliudo valkioti šapelius, nes kelelis jau išdžiūvęs. Tuomi per mišką eina du žmoneliai: vyriškis aukštas, suraitytais uostais, po vieno balakono, baltais autais, naginėtas, vienoj rankoj ryšelis, antrąja susikibęs su motriškąja. Ta basa, po nažutkelės, perkeliniu skepeteliu apsigobusi, o vilnonį skepetą pasisvėrusi ant liuososios rankos. Matyti, šarpavo keliauti, nes abudu išraudonavę, apšilę. Kaži ką balsiai šnekučiavo, tankiai juokės, pažvelgdami į vienas antrą.

Kelias nubėgo po kaire, anuodu po dešine pasisuko taku stačiai ant lipto. Miškas pasibaigė, prasidėjo trakos - skardingi atkrančiai Dubysos.
- Čia, būdavo, žydės pijolkos, - tarė vyriškis ir, paleidęs ranką, pasisuko į krūmus.

Motriškoji taku į pakalnę pasileido tekina, pasišūkėdama kaip kurapka rietėjo pakalniuo. Pabėgėjusi porą varstų, atsidūrė pačiame atkrantyj; netoli lipto ant kalvelės atsisėdo. Iš kur suvisu kitoniškas akivaizas priešais tiesės.

Skardinga Dubysa, nusimalšiusi jau iš pavasarinių potvynių, nusekusi suvisu, vagoj tik mėlynavo. Nors gana srauniai gurgėjo staipydamos per akmenis, krisdama į gilesnį duburkį, sukos į verpetą, putojo, šniokštė, pykdama skubėjo, bet nebeplėtės į pievas - vienoj vagoj talpinos. Kalnuoti atkrančiai, apaugę krūmais, gražiai mainės šviesesniu ir tamsesniu žalumu.

Paupiai dauboj, sausai nusekę, teipogi žaliavo, šmotais net geltonmargiai nuo sužydusių purvažolių. Pačiais pavagiais, iš abiejų pusių upės, kaip užbrėžta, juodavo apsekę šapai ir šamalai - nurodė rubežių pavasarinio užtvinimo. Pievose paupiais kobrinėjo pavasaringi gyvoleliai, graibinėdami nors retą, ką tik dygstančią žolelę. Būreliai žąsų pėrės, nardės po vandenį - po ilgo perėjimo džiaugės išsivedusios vaikus į ganyklą. Žąseliai geltoni, ką tik dar apsipuokavę, kilsavo ant vilnių Dubysos, nestengdami paplaukti prieš vandenį, pėpdami kabinos ant krašto. Piemeneliai braidė po vandenį, taškės po upę, šokinėjo per akmenis arba vamzdijo visokiais balsais, viseip nurodydami džiaugsmą iš sulauktos šilimos. Gaujos lakštingalų čiauškėjo, pleškėjo garsiai už kits kito, tarytum eidami į lenktynes su piemenelių vamzdeliais. Kur ne kur po krūmus pašmėžavo baltas skepetelis pijolkaujančių mergikių. Už kalnų kaži kur būrelis dainiavo.

Motriškoji, sėdinti antkrantyj, atsismaukė skepetelį, nubraukė sušilusią kaktą, ciela krūtine atsikvėpė šilto ir kvapaus oro; mėlynomis akimis apvedė toli į rinkį ir nustabdė ant lipto. Čia užsidūmojo kaži kokiais minėjimais. Iš užpakalio, įsikibdama į alksnius, nusileido nuo skardžio vyriškis, nusitvėręs keletą pijolkų; atsisėdęs greta tarė:

- Mat kiek pijolkų radau.

Neatgręždamas jos akių į pijolkas savo pasigyrimu, vėlek nutvėrė ją už rankos ir, suspaudęs pirštus delnoj, paklausė:

- Ar neapilsai teip greitai bėgdama, Magdel?

- Ne. Kaip čia gražu pasėdėti!.. Aš niekumet nepraeinu to šmoto neapsistojusi: jei ne atsisėsti, tai nors apsižvalgyti turiu visada. Vyriškis raudonoms liepsnotoms akimis metė šen ir ten.

- Teisybė, čia gražiai, pavaizu... O tie paukščiai virti verda... Kaži kas dar dainiuoja ir gerai sutaria. Tykumas oro - nė lapelis nekruta... Puikus vakaras... Meilu čia sėdėti, o labiau, jog greta mano mylimosios. Pirmą sykį čia sėdim abudu...

Tai sakydamas, su jos pirštais braukė uostus sau nuo lūpų ir bučiavo į nagų galus.

- Tai vis niekis dabartykščiai gražumai, bet aš turiu čia senovės meilų širdžiai įspūdį.

Rudųjų ir mėlynųjų akių pažvelgimai susidūrė. Vyriškis, vis bučiuodamas pirštus ir žiūrėdamas į truputį rauplėtą veidą Magdelės, tarė:

- Turbūt su kokiu vaikinu čia susieidavai?

- Mažne įspėjai, Jūzapel, - tarė Magdelė, glausdama galvą prie jo pečio. - Viena pati mylimąjį pirmą sykį čia pamačiau... Ir vėl rudosios akys įsmego į mėlynąsias.

- Kas jis toks buvo, Magdel? Pasakyk, norėčio žinoti.

- Gerai, kaip pasakysiu, ir žinosi. Pernai prieš Velykas, pačiu paleidimu, užsimanė Žeberienė kadagių dažyvėms, siunčia mane parnešti. Niekur nėra, kaip tik šiame miške. Atėjau prie lipto iš anos pusės; Dubysos pakraščiais dar ledai, o vanduo teip užkilęs, maž sulig liptu; o tas be paramsčio. Ėmiau ropla ir peršliaužiau į šią pusę. Prisipjoviau naštą, atsinešiau - niekaip nebegaliu atgal pereiti. Nuėjau antai prie anos brastvos ir taisaus bristi. Veizu į pakalnę - beatšvilpaująs vaikinas, kirvį pasibraukęs, strykst ant lipto, eina sau kaip keliu. Pamatė mane ir pradėjo šaukti: "Bobutele, ką čia dirbi? Bene žadi bristi?" - "Kad per liptą bijau eiti", - sakau eidama arčiau. Žiūriu - nepažįstamas. Kaip pervers mane akimis, net kakta man užkaito! "Eikš, aš tave pervesiu", - sako. Susimaišiau, nebežinaus, ką sakyti, kaip daryti; nebedręsu nė akių pakelti, čiupinėjuos tik apie naštą. Vaikinas priėjęs užsimetė ant kupros mano kadagius, nusitvėrė mane tvirtai už rankos ir pervedė per liptą. Kaip aš paskuo jo ėjau, nebežinaus; tik jutau stipriai suspaustą savo ranką jo delnoj. Dar eidamas šneka: "O tai protas! Ir kaip tu čia būtumei perbridus? Jei bent stačiai į aną svietą..." Pametęs mano kadagius aure prieškalnyj, pats atgal liptu nugrįžo į šią pusę. Aš pasilikau kaip pakluikusi: širdis man tvaskėjo, kakta kaito, akyse regėjau įsmeigtas jo rudas akis. Žvilgtelėjau atsigręžusi, jau jisai šiame atkrantyj. Tol veizėjau, kol tik per krūmus užmačiau jo kepurę. Nuo to sykio nebeišdilė jo paveikslas iš galvos ir iš širdies mano... ligi šiandien tebėra giliai, giliai įsmegęs... Juzel, ar atsimeni vilkęs mane per liptą? - apsikabinusi jo kaklą, paklausė.

- Kaip priminei, rodos, truputį menu, jog tuo perėjimu prie Raubos vieną sykį jauną mergelę pervedžiau. Daug buvo tokių atsitikimų, kol paramtį pataisėm: kartą davatką Tytavėnų, kitą sykį žydą su kromu pervilkau... O tu man pirmą sykį įstrigai į akį per mėšlavežį dvaro talkoj; nuo to sykio, teisybė, dieną, na, naktį stovėjo man akyse Žeberių Magdė; o rudenį, kaip pagarsino, jog Kumža tave žanysis, tumet tai nė ėsti, nė užmigti nebegalėjau, kol tik nuo tavęs neišgavau žodelio.

- Kada tai tebuvo? Aš pirmiau tave pamilau, Juzel, nuo pat pirmutinio pamatymo. Tumet, kaip susitikom čia ant lipto, parėjusi namo niekaip nebegalėjau užmiršti to vaikino. "Kažin, iš kur jis buvo, kas jis toksai, kur nuėjo, ar aš nesusitiksiu kumet su juomi? ir t.t." - tokie mąstymai neišėjo man dieną naktį iš galvos. Už kelių dienų brakšt ir bęeinąs tas pats prie mano gaspadoriaus pažyčioti pjūklo: sumišo mano verpalas, kalvaratas pašėlo, siūlas nutrūko, šniūras nukrito, tekiniukas ėmė priešingai suktis... Čiupinėjuos, taisaus... O burna kaista kaip liepsna. Vičvienaitį kartelį tepažvelgiau, bet jis to nematė. Kaip išėjo, gaspadinė sako: "Padorų vaikiną nusisamdęs Rauba." "Anoks ne padorumas, - pridėjo Janikė - akys tokios rudos!" Aš tuo tarpu pasilenkiau pakojų pasitaisyti. Po to, kur tik teko jį pasitikti ar sušnekti, be galo nedrįsau - nežinau dėl ko. O jo žodelis kožnas smego man į širdį, veidas gulėjo įsimerkęs giliai man akyse... Tai sakydama, Magdelė apkabino Jūzapo galvą ir bučiavo akis.

- Aš dėl tavęs, Magdel, daugiau širdgilo datyriau, įsiuparojau ne sykį, pamatęs tave bešėlstant su kuomi. Atmenu, dvaro talkoj pirmą sykį įsispytrėjau į tave. Jonas nutraukė tau skepetėlį, tu jam nuleidai kepurę; jis įkibo tave risti, tu nepasiduoti. Aš iš apmaudo, važiuodamas su valkčiu, tyčiomis pataikiau stačiai ant tavo kapstyklės - trakš ir nulaužiau kotą; tu pašokusi capt, žiūri - nulaužta, žvilgt į mane, tik latatai į mišką! Beveizint ir beatsinešant lažinį kotą; užsimovė šakikę, įkalė su akmeniuku ir vėl kapsto. Kad bent pusę žodžio man būtų pasakiusi: ar tu, velne, ar tu kas, kam sulaužei ar uždėk kitą? Aš to tik ir meilijau, o ana - nė vampt! Tokia upara paėmė... - juokės abudu.

- Aš numaniau, jog tu mane erzini, - tarė Magdė. - Tyčioms nieko nesakiau, atmenu aiškiai. Neveikiai dar tepradrįsau (tepradėjau) su tavim šnekėties.

- Kaip ten buvo, teip, by tik dabar gerai, Magdel! Duokš antrąją rankelę, dar nepabučiuota tebėra...

- Kaip man čia gerai.. - tarė Magdė, prisiglaudusi galvą prie Juozo krūtinės. - O saulelė čyst jau ant laidos. Eikim, sutems mumis.

***

Slenka laikas, lekia diena po dienos, nedėlia po nedėlios, metai po metų kaip raiti joja. Nepaspėjo vasara išaušti, žiūrėk - atslenka jau ir ruduo, įkandin žiema; beveizint ir vėl saulelė aukštyn, pavasaris artyn. Linksmybėse ar nuliūdimuose, turtuose ar varguose gyvena žmogus vis tiek; laikas nežvalgydamos nė apsistodamas lekia ir lekia išmieruotu taku. Daug lytaus išlijo, daug giedros iškaito, daug sniego iškrito ir vėl nutirpo, daug sykių Dubysa užkilo, putojo ir vėl nukritusi vagoj srauniai bėgo; daug sykių jau persimainė nuo propernykščio pavasario, kada gražiame laike, gražioj vietoj, pačiame paupyj susisėdę Magdelė su Juzu meilingai kalbėjos.

Šiandien, nors jau daugiau kaip dveji metai pralėkė nuo to laiko ir oras kitoniškas, nes jau šventas Jonas, didžiau vasarop linkuo, vienok pavakarelis toks pat gražus ir tykus. Pažįstami mums Magdelė su Juozu - seniai jau žanoti Sutkai - gyvena trobelėj ant kelių margių žemės, vadinamos locnos, nes Jūzapui nuo jo tėvo atiduotos. Tėvas senelis... ne teip senelis, kaip dusulingas, nebegalėjo sunkiai dirbti. Motyna, nors tvirtesnė, viena nevaliojo laukelius apdirbti, todėl liepė vyresniajam sūnui Jūzapui apsižanijus pareiti gyventi. Visi dirbo, kiek katras negalėdamas krutėjo ir visi dailiai maitinos, vienoj trobelėj ir vienoj kamarelėj talpindamos. Duonelės, putrelės užteko iš savo žemelės. Turėjo karvelę pasimilžti, kumelelę žemelei išarti, paršelį pasiskersti (pasipjauti), vištelę, gaidelį, katelę, šunelį - vot ir visi gyvoliai, ir visa nauda; mažai teturėjo, mažai tereikėjo. Užtai širdinguose jausmuose buvo kiek reikiant turtingi. Šį vakarą, kaip sakiau, gražus ir tykus pavakarelis. Lankos žaliuoja, rugeliai siūbuoja, žiedais apsidraikę dulka, net miglojas; gegužės kukuoja, piemeneliai dainiuoja, net garsas mušas į dangų. Kur tik akį užmesi arba ausį atkreipsi - visur širdis džiaugias (gali pasidžiaugti). O prie mūsų Sutkų priešingai: ne džiaugės gerumu gamtos, bet visi nuliūdę, nusiminę, rūpinas, su ašaroms akyse, grobstos, pagalbos ieško. Magdelė, suspausta sopuliais, dejuoja troboj. Tėvas senelis, lauke užsikvempęs ant tvoros, kosėdamas poterauja, skubinai rožančių barškina ir ašaras sau brauko. Jūzapas, išpuolęs iš trobos, rankas laužydamas, šaukia:

- Jėzus Marija! Nebelauksiu nieko, tučtuojau važiuoju prie daktaro! Motyna, išsiginusi paskuo, verkdama tarė:

- Ką tu, vaikaiti, padarysi su ta viena kumele? Nenorės daktaras nė važiuoti, o dar prieš naktį. Dar ir ratukai tebėr mėšluoti...

- Reik pirma nuplauti, - pridėjo senis.

- O ką aš dabar veiksiu? Duokit rodą, tetuleliai, - verkė Jūzapas. Bijau Magdelę numarinti!..

- Pone Jezau, sergėk nuo smerčio! - sušuko tėvas. Bėk į sodą, bene gausi kame arklius?

- Niekai, - tarė motyna, - arkliai visų ganykloj, naktis užeina; kadai kadės bus, o čia reik spėriai. Verčiau lėk į dvarą, apkabink ponios kojas - ana susimylės, nusiųs arklius. Bėda man, kad aš pati negaliu bėgti: bijau čia prastoti. Žinau, kad tujau išmelsčio...

- Tu, motyn, būk prie ligonio, o tu, Juzai, greitesnis, bėk skubinai, randijos tėvas. - Neišgandink ponios ir pats netruk!.. Pasiimk kepurę! - užsikosėjęs šaukė Juzui, nes iš paskubos buvo be kepurės bebėgąs.

- Netruk, Juzali, netruk, - gražnavojo motyna, grįždama į vidų.

Bet Jūzapas nebegirdėjo, nes jau per pusvarstį buvo ant dvaro nulėkęs. Motyna, žengdama per slenkstį, jau Magdelei kalbėjo:

- Juzis išbėgo į dvarą... pasiklonios poniai ir parveš daktarą, pagelbės tave, mano pupele. Sunku kentėti nabagelei.

Klostinėjo, glostinėjo ligonį. Ta, motynai ranką pabučiavusi, tarė:
- Ačiū, mamaite, kad patarei daktarą vežti. Gal dar neprisieis mirti...

Viltis spėraus sulaukimo pagelbos nuramino Magdelę; nutilo, užmerkė akis ir glūdojo kantriai. Tėvas poteraudamas dūmojo:

- Jeigu negautų arklių dvare, reikėtų nors viena kumele važiuoti. Juzas nabagas laksto kaip sudegęs... pirmas sykis, nesumano, ką bedaryti. Kiek kartų man teip buvo, bet daktaro nė sykio nevežiau: katras augo užaugo, katras mirė - numirė, o motyna ir šiandien sveika tebėra... Ir čia, man rodo, apsieitų ir be daktaro, tik truputį kantrybės... Biedna vaikas - nė tėvas, nė motyna, neturi prie ko šauktis. Mes ir vyras - visa giminė, tie tėvai, tie globėjai... Bent pamatys,jog mylim ir tausojam... Nors tiek turės už savo darbus ir vargus...

Teip dūmodamas ir pasikosėdamas, traukė ratukus prie klano nuplauti ir pasitaisyti dėl visako. Motyna, nuraminusi ligonį, žygiavos apie apyvoką, nes saulelė čyst jau leidos. Pamačiusi tėvą betraukiant ratukus, nubėgusi stūmė bardamos:

- Dvasios nebatgauni, o teip sunkiai trauki! Nematei mane pasišaukti?

- Užtenka darbų ir tau, matušale.

- Su darbais pusė bėdos, kad tik Dievas duotų visiems sveikatą... Vot, ar aš nesakiau? Ir brendi į vandenį, tai per naktį potam krenkš, nė akių nesudės, rytą cielas ligonis...

- Ką padarysi, matušale!.. Mūsų vaikai - mūsų vargai... Vakarinė žara temo, temo - niekaip nesutemo. Dangus žvaizdelėms jau apsipylė, žemė drėgna rasa apsigrindo, o žara vis dar tebėra: siaurėjo ir tamsėjo iš vakarų, bet tęsės kaip kokia juosta pakraščiu dangaus per cielą šiaurę į rytmečius; ten plėtės, kilo, balo ir šviesėjo; rytų pusėj ta pati pavirto jau į aušrinę žarą, katroj mėnesio pjautuvelis spyksojo. Saulelė tebemiegojo giliai įsimerkusi baltojoj žaroj. Vėjelis miegojo, kaži kur už miškų tykiai nugulęs; nekušinamas nė lapelio miškas teipogi miegojo. Bemiegė griežėlė nusčiuvo čarkšti; į vietą pabudo pirmasis vivirselis: truputį pačiurškavęs, pamažu, rodos, by nedrąsiai, pradėjo savo giesmę vingurti. Pajutęs naminis gaidys pašoko, sparnais suplasnojęs, staiga sugiedojo.

Tuo laiku Sutkų kiemelyj stovėjo puikus porinis vežimelis. Purmonas barzdyla, su ilgu plōščiumi, baltais guzikais, kepure baltais apšlėgais, sėdėjo ant pasostės to vežimelio; vadžias rankoj nusitvėręs, o galvą nuleidęs ant krūtinės, skaniai snaudė. Pora širvų žirgų pakinkytų, nors plunkštė ir su kojomis kasės į žemę, bet stovėjo ant vietos kaip įsmeigti.

Tėvas pringyj, kertelėj, ant kaladelės susirengęs kiūtodamas, girdėjo troboj dejavimą Magdelės, guodžiojimą motynos, verkimą Jūzapo, aiškią ir prilėgnią kalbą daktaro.

Saulelė tekėdamos spyktelėjo į Sutkų trobos langelį; toje pat valandoj staiga suvirko kūdikis. Tėvelis atsidūksėjo lengvai, kaipo būtų sunkiausias akmuo nurietėjęs jam nuo širdies; rankas susidėjęs pakėlė į dangų. Jūzapas ant pirmutinio balso kūdikio visas sudrebėjo, nebežinojos, kas su juomi dedas: ašaros kaip lytus lijo, o kartu širdingai juokės. Skaudus skausmas staiga virto į didžiausį džiaugsmą. Motyna garbstydama globstė kūdikį, glaudė ant rankų ir kartu ašaras sau braukė.

Jūzapas, kartu verkdamas ir juokdamos, keliais puolinėjo nuo motynos prie daktaro ir atgal prie motynos, abudum rankas kojas apkabindamas; truputį atsikluinėjęs iš pirmutinio įspūdžio, puolė verkdamas ant Magdelės kojų. Ta juokdamos rankas prie jo ištiesė. Užmiršę savo vargus ir skausmus, susiglaudę meilingai verkė džiaugsmo ašarom.

***

Saulelė visumet vienoj pusėj teka, antroj leidžias; kožną dieną vienodai rieta per dangų iš rytmečių į vakarus. Mėnuo teipogi vienodai mainos: sykį vakaruose pasirodo plonutelis, kas kartas storėdamas užauga į apskritą ritinį, - tumet šviečia per naktį, - ir vėl kas kartas dyla; sudilęs pasirodo rytmečiuose vėl plonuteliu pjautuveliu. Šviesus mėneselis persimainė jau dešimtimis sykių, o spindinti saulelė leidos ir tekėjo tūkstantėms sykių nuo to laiko, kada pirmą sykį ant šio balto svieto suvirkęs Sutkų Jonelis pradžiugino tėvus ir senučius. Nors per tą pralėkusį laiką nemaž ašarų iškrito Sutkams, daug rūpesčių ir skausmų ne sykį širdį nuspaudė, džiaugsmai ir linksmybės teip, kaip žaibu, kartais spyktelėjo, vienok laikas ničnieko neprailgo; treji metai, rodos, kaip viena diena praslinko. Gyvenime Sutkų atmainos teipogi čyst mažai. Senis vienokiai pasikosėdamas poterauja ir ką galėdamas pakrūpštinėja. Motyna vienokiai gera ir nuolanki; Magdelė vienokiai prilėgni ir darbšti. Jūzapas vienokiai rūpestingai darbuojasi apie savo, nors maželelę, ūkę. Jonelis vienas tik labai atsimainė. Tumet kūdikelis silpnas, nevaldąs nė kokio sąnarelio, verkiąs nežinodamas ko, o dabar savo kojelėms bėgioja greitai, pasisako, ko verkiąs, arba juokias ir su šuniuku ritas, dėvi ilgus marškinius ir ant galvos jauno vaiko kepurę.

Šiandien karšta dienelė - saulelė kaip deginti degina; o ten tolie, pakraštyj dangaus, juodi mūrai guli, kuriuose graustinė kartais led tik girdėtinai, bet rūsčiai sududnoja. Sutkų šeimyna po kiemelį brūzdžia, kiekvienas prie savo darbo: Jūzapas tašo lentas, skuba, darbuojas, niekur nesižvalgydamos, net čiurkšliumi prakaitas eina per burną, o ant pačių marškiniai grężiami. Pasistatęs šeip teip naują trobelę, stelgias ir išgrįsti. Sakė: bus šilčiau žiemą senučiui kojoms, bus geriau ir Joneliui su

Sabaliuku valioties. Senutis ir Jonelis pasišnekėdami renka skiedras ir dėlioja padaržinšalyj į pastogėlę. Motyna pringyj naujosios trobelės, pavėsyj, plazda prie kalvarato ir linų kuodelio; tekinelis birbdamas sukas. Ji kas valanda pasilenkdama žiūri į špuolę ir glosto kuodelį, o siūlą paseiliodama traukia do traukia per pirštus. Magdelė milžtuvele nešina padirviais parėjo iš alksnyno; netol kiemelio nusišnypštė nosį. Jonelis pajutęs pasigrobė kvartelę, bėgo priešais šokinėdamas: "Mamaite, pienelio, pienelio!" Magdelė, užkėlusi vartus, pametė tuščią milžtuvę ir drebančiu balsu tarė:

- Šėmikę nebgyvą radau: pripampusi kaip bačka, kuo nesprogsta.

Jos žodžiai kaip elektrika užgavo visus: Jūzapui kirvis iškrito iš nagų, motynai siūlas nutrūko, tėvui skiedros pabiro - visi su nusistebėjimu ir išgąsčiu žiūrėjo į Magdelę; ta, led ištarusi tuos žodžius, apsipylė karštoms ašaroms. Jonelis tik juokdamos barškina su kvartele po tuščią milžtuvelę.

- O Jezau Marijelaite, kokia nelaimė! - sušuko motyna, užlaužusi rankas.

- Tokia gera karvelė... palikom be pieno lašelio!

- Kad būčio rytą pats neišvaręs! - pridėjo senutis. - Tokia buvo smagi, sveika... kas galėjo ir pamislyti!..

Jūzapui tokia nelaimė netikėta labai sugildė širdį, o Magdelės ašaros kaip su peiliu širdį jam pervėrė... Pametęs darbą, puolė prie jos, apsikabinęs bučiuodamas ramino:

- Neverk, širdele, neverk! Davė Dievas nelaimę, duos ir spasabo kitą karvelę įgyti. Jug mes papratę vargą vargti: pasrėbsma kokią valandą ir juodą putrelę, tik neverk, negraudink ir mano širdies.

- Su didžiaisiais pusė bėdos, viseip gali pakentėti, - atsiliepė motyna, - bet tas mūsų maželelis Jonukelis kur dings be pienelio? O tai Dievo prastojimas! Nenuėjom nė vienas nuo pat ryto nė paveizėti karvelės!

- Rinkau paršeliui žoles, - teisinos Magdelė: - neturėjau laiko pirmiau prie karvelės nueiti.

- Niekas tavęs dėl to nekaltina, širdele, nieko nebūtų mačijęs tavo nuėjimas.

- Musėt reik eiti skūrą nudirti? - klausė tėvas.

- Dieve saugok, nereik, tetuli! - šokos Jūzapas. - Įversiu į duobę, suvisu teip staiga krito, gal kokia nedora arba kimbanti liga? Tamstos sveikata brangesnė kaip tos naginės.

- Neverkit, vaikaičiai, nerūpinkitės, - tarė motyna. - Baigiu verpalą, gausiu porą rublelių, nueisiu prie Onelės, prie Petrelio... gal gausiu pažyčioti vėl po kelis rublelius, nusipirksma ant šv. Petro karvelę. Neverk, Magdel, Dievui garbė...

- Jau apsižyčiojom, matušele, nuo Onelės ir nuo Petrelio rąstams pirkti;

nebent paršelį verčiau parduosma, gausma kokią dešimtelę - atkutęs jau paršukelis.

Senutis, sėdėdamas ant rąstų, ranka pasirėmęs žiūrėjo į nuliūdusį Juzą, ieškantį lopetos, žiūrėjo į užsiverkusią Magdelę, į užsirūpinusią motyną ir dūmojo:
- Kokia tų nabagų vaikų širdis! Pardavė karvelę, pardavė kumelį, dar apsižyčiojo... vis ant tos trobos. Tetušeliams bus šilčiau... Teisybė, senoji buvo jau supuvusi... Kai būtų palšė tebesanti, nė kokios bėdos ne paskutinė būtų nusprogusi. Parduos paršelį, o kokia tos nabagės bus širdelė? Teip šėrė, žoles rovė, vargo, meilijo pasiskersti paršelį... Paliks be mėsos kąsnelio... Auginus, vargus kitam reiks atiduoti. Jei dar bent kiek gaus... Berods turiu dar apsigniaužęs tą penkiolika rublelių... Kad teip atiduočio? Būtų čia apasabas karvei... Ne štuka įduoti, o kas beatiduos? Numirus nė mišioms nebus... Testorojies nuo svetimo, tumet rūpinsis ir atiduoti. O jei negaus? Anie jauni srėbs ir juodą putrą, o man kaip reiks nuryti? Et, diena po dienos galiu numirti... Prasidžiugs radę spasabo pagrabui, užteks mišioms, grabui ir pazvanams... Kruvina bėda be karvelės, tiesa... Tiek buvo karštų reikalų, iškentėjau nedavęs... Teryžties, neduosiu nė dabar! - pamojo su ranka.

Jūzapas išėjo karvės užkasti; Magdelė, pasirinkusi skiedrų, nusinešė pietams pravirti. Motyna skubinai lenkė špuoles ir kas valandą žvalgės į kilstančius debesis... Jonelis glaudės aplink senutį, o jisai pasirėmęs dūmojo ir dūmojo: "Atiduoti paskutinius grašgalius ar ne?" Ant galo pamislijo: "Kaip bus, teip! Dar lauksiu pietų, pabandysiu juodus viralus valgyti."

Saulelė stovėjo pačiame vidurdangaus, kaitino į pat viršugalvį; miškai papilkavo, by dūmais aprūkęs šniokštavo tirštu ir šiltu vėju, oras pasidarė troškus, visų žolelių lapai išvytę gulėjo ant žemės. Pakraščiais dangaus kas kartas storėjo debesys, tamsjuodžiai margavo, šmotais baisiai juodi, šmotais kruvinai rausvi, šmotais šviesiau gelsvi, kitur rudai juodi, o teip stori ir gilūs, nepermatomi, tarytum iškilusi jūra, vilnijanti audra juodų vandenų arba kalnai tamsūs juodai žemės be dasiekimo saulės spindulelio, be žolės lapelio, be medžio sakelės, be jokio gyvo vabalelio. Griaustinė, sutrankiusi ir sumaišiusi visą jų paviršę, dar pačius nuogus kalnus stumia pamažu kas kartas aukščiau, tarytum ritina per didžiausius ir kiečiausius akmenis. Kitas akmuo pritrėkštas sprogo, net kibirkštys išlėkė, ir vėl rieta grumėdami toliau per dangų - maišos, kyla aukštyn ir virsta pakalnio, rodos, tučtuojau užgriaus žemę, bet vis ant vietos, vis tolie, vis prisivengia saulės. Griaustinė gruma, bilda, spardos, drumzdžias, rodos, teip tolie, o tokį trenksmą daro, net išsigandusi žemė virpa, o saulės niekaip nepabaugina; juo graustinė debesyse šėlsta, juoba saulelė karčiau kaitina, rodos, atrėmusi savo spinduliais nulaiko audrą atstu nuo savęs.

Jūzapas nušilęs, nuvargęs, susikrimtęs, atgajaus ieškodamas ar alkį ramindamas, srėbė juodus batvinius, po keletą šaukštų ant kožno kąsnio duonos; užsikvempęs ant torielkos, nė akių niekur nepakeldamas, tik kartais su rankove braukė prakaitą, varvantį nuo kaktos.

Magdelė, pasisvadinusi ant kelių Jonelį, atlaužusi šmotelį duonos, įdavė jam į rankelę, kitą pati pakando, vėsindama batvinius sruobė ir Joneliui tą patį šaukštą prikišo; tas pasruobęs ėmė šalin pliurkšti iš burnelės ir iš šaukšto; metęs duoną į žemę, pastūmė šaukštą, o pats nusirito nuo motynos kelių. Magdelė taisės pati srėbti, kąsnis duonos atsistojo jai gerklėj, o ašara įlašėjo stačiai į torielką. Atsikėlusi nuo stalo, išėjo pro duris.

Senutis sruobstė batvinius, kramtė duonelę, kosėjo, vėl sruobė, kąsnelį duonos įsimerkė į torielką, vėl kosėjo; valgė, žlioburo kaip ne savo dantimis, o torielkoj batviniai nėmaž nenuseko: kiek įsipylė, tiek ir stovėjo. Motyna sruobstydama pirmoji prašneko:

- Griaustinė ūžia ir ūžia be perstojo, bet vis šiaurėj, tolie; rodos, mums neklius, išsilis ant vietos. Teip baugūs debesys... Pone Jezau, sergėk nuo krušos! Jei matysiu - nekyla ant mūsų, bėgsiu prie Ožkienės, nešiuos verpalą, nešiuos vilnonį skepetą. Zyle pelėda versiuos, o karvelę turim, nors ant bargos, nusipirkti. - Pažvelgė į tėvą: - Vienas senas, antras mažas, abudu išmirs badu... prie juodos putros.

Jūzapas, žegnodamos pavalgęs, pažvelgė nuliūdęs į tetušį; išėjęs ieškojo pačios; ta pavėsyj, už trobos kerčioj atsisėdusi, graudžiai verkė. Jūzapas sėdos greta, apsikabino, priglaudėjos karštą galvą prie sukepusios skausmu savo širdies. Juto, jog reikia raminti, reikia paguosti nuliūdusią mylimąją Magdelę, bet niekaip nesekės prašnekti; glostė su ranka jai per galvą, o ir jam pačiam ašara nurietėjo; atkartojo tik motynos žodžius:

- Neverk, širdele Magdele, Dievui garbė!

Stojos dabar akyse Jūzapui visos valandos linksmos ir laimingos, tolie jau pralėkusios, kada, pirmą kartą pamylėjęs Magdelę, pilna širdžia meilės, pilna galva vilties, dūmojo ir žadėjo apipilti ją meile ir laime, žadėjo iš visos išgalės storoties, kad jai niekados nieko netrūktų, - rūpinos, rodos, apie tai kiek neišgalėdamas ligi šiol; bet dabar nelaimė trenkė kaip griaustinė, sudužo ir sutrupėjo puikios jo viltys ir gražūs užmanymai, palikdami į vietą rūpestį ir širdgilą. Gaila jam seno tetušio, kramtančio sausą duonelę, gaila mažo kūdikelio, verkiančio "pienelio". Gaila geros matušelės, paskendusios rūpesniuose, bet gailesys verkiančios pačios viršijo visus skausmus, sukilusius per nelaimę. Glaudė pačią prie savęs, apkabinęs drebančioms rankoms, o verksmingu balsu ramino ir guodžijo:

- Neverk, širdele, negildyk man širdies! Tavo kožna ašarelė kaip su peiliu mane varsto. Tu verki, rūgoji, o čia mano kalčios nėmaž nėra! Gana... bent nusimalšyk... negaliu niekur skausmu tverties, kad tu verki...

Magdelė nusišluostė skruostus, su nušvitusia kakta glaudės prie vyro šypsodama:

- Juzeli balandeli, kas tave gal kaltinti? O teip sau apsiverkiau be reikalo. Dovenok tą kartą, nebematysi nė vienos ašaros daugiau. Kaip dėsmos, teip, viskas bus gerai, nerūpinkis, Juzeli!

Teip ramino vienas antrą Jūzapai; tuo tarpu tetušis, eidamas į klėtį, pamojęs motyną prie savęs, tarė:

- Ar žinai ką, motyn? Jug aš turiu dar apsigniaužęs keletą rublelių iš senovės... Ar čia reik duoti ant karvės, ar ko? Kaip tu sakai? Motyna prasidžiugusi sušuko:

- Ko gi belauki nedavęs, tetulel? Bile tik turi, duok tujau... matai, kruvina bėda. Mat koks, ir prieš mane slepies turįs piningų!

- Kaipgi prieš tave neslėpsies! Tu by tik žinai, tujau tau duok ir duok... Tiek ir težinai, - rūgojo senis, - paskutinius ir viską vaikams sukišti! O kaip numirsiu, kas bus su mano laidotuvėmis?

- Nerūpinkis, tetulel, - juokės motyna, - niekur nabaštikai nevaliojas nelaidoti.

- Ar matai, kokia tu! Tau tik į žemę įkišti, ir gana, o kame mišios, kame pazvanai ir?.. - užsikosėjo senis. - Tau tik "atiduok ir atiduok", daugiau niekas nerūpi!

- Teip, teip, gerai, laikyk numirus mišioms, o tuo tarpu srėbk juodą putrą, tai bent greičiau numirsi... Verčiau dabar duok karvei nupirkti, o kaip kitą prisiauginę parduos, tau piningus atiduos, bus vilkas sotinas ir avis ciela.

- Tu, motyn, visumet moki išrokuoti, bile tik nuo manęs išvilkti. O ko vaikas žanijos pliką mergą? Ko neveizėjo, kad turėtų maždaug? Būtų beturįs spasabo.

- Tetulel, atsiminei po smerčio trečioj dienoj... pe..ti, - juokės motyna. - Kelinti metai, kaip jau vaikas žanotas, dabar liepi spasabo ieškoti! Su dalia parėjusi būtų mumis žodžiais bevarstanti, o ant šios ką išrasi? Musėt, kad už mus visus daugiau dirba ir visus lenkia... Kame tik, tetulel kame tie tavo grašgaliai, duokš veikiai! Pradžiuginsi ir vaikų širdelę, nebūk teip kytras, nevalnu. Kam ir pasisakei turįs, kad nenori duoti?

- Tokia tai visada tavo roda... žinai gi, be reikalo sakiaus. Besilygstant seniams, Jonelis apkabino senučio koją ir, vartydamas tuščią kvartelę, čiauškėjo:

- Seniut, seniutel, usciu pienele, usciu pienele! Senutis pasilenkęs glostė

Jonelį, o motyna pridėjo:

- Argi tau, tetulel, negaila to kūdikelio?! Argi tavo širdis akmuo?.. - pradėjo verkti.

- Tė, tė, matušale, atiduodu, tik neverk, - tarė senis, verdamas skrynelės viršų: - penkiolika turiu, visus atiduodu, žinokitės, pirkit, tik, susimildama, nežlembk!

- Jūzap, Magdel! - pašaukė motyna. - Duok pats, tetulel, pasakysma, kad rūpintųs vaikai atiduoti.

Įbėgo Jūzapai nusigandę, mislijo, kad vėl kokia nelaimė. Tėvas, duodamas du popiereliu, tarė:

- Vaikai, atiduodu paskutinius grašgalulius karvelei nupirkti, bet veizėkit mane palaidoti dorai! Magdelė ir Jūzapas prasidžiugę apkabino tėvams kojas:

- Dėkuo, tetulel! - tarė Jūzapas, - nelauksma laidotuvių, užauginsma kitą karvelę, parduosma, sugrąžinsma tetuleliui piningus. Dėkuo, dabar nustūmei mums rūpesnį. Kol tik mano gyvastė ir sveikata valios, tol stelgsiuos, kad tetuleliams netrūktų nieko. O palaidoti tėvus padoriai, tai mano uždotu ir kožno vieno vaiko.

Saulelė, iškrypusi iš pietų, lėdvesniai bekaitino; debesys šiaurėj kas kartas balo ir skystėjo, tarytum virto į permatomą tirštą miglą, šmotais dar šviesesni, sukapoti tik išilguo juodais brėžuleliais, rodos, atsirėmusiais į žemę. Žaibai užgeso, o griaustinė kaži kur už miškų nubildėjo. Aukščiau, pačiame skliauste, aiškiai žydravo dangus; ant (tarp) debesų, priešais saulės, žibėjo puiki orarykštė. Vėjelis skystesnis vėdavo medžių lapais, atgaivino suvytusias žoleles, atvėsino ir troškinantį orą.

Matušelė, apsisiautusi skepetu, skubėjo jau pro vartus. Jūzapas ryšį verpalų, pamovęs ant lazdos, užsivertė sau ant kupros; dar sykį tėveliui į ranką, dar sykį Jonelį pabučiavo, dar sykį meiliai pažvelgęs į Magdelę, nubėgo paskuo matušelės. Magdelė, linksmai dainiuodama, įsėdo į daržą ravėti. Senutis, atsisėdęs ant rąsto, pasakojo Joneliui, jog bobutė su tata parves karvelę ir pamilš pienelio.

**

Pažvelkim į Sutkų gyvenimą dar už dešimties metų; atmainos dabar jau didesnės. Senutis jau pirm kelerių metų atsigulė į juodą žemelę ilsėtis amžinai, bet atstu pirm numirimo priėmė atgal nuo vaikų savo penkiolika rublių. Kartais pasirandijo ligi kapeikos, kur dėti ir ką užpirkti už jo dūšią. Vaikai ne tik už tuos piningus, bet, mažne antra tiek dadėję, palaidojo gražiai su devintinėms ir metinėms, o po to dar kožną metą užperka atminimus už dūšią tėvelio.

Nors žmoneliai kas metą renkas po kits kito į vieną ir tą pačią žemelę, o svietas dėlto paliekti tokiu pat pilnu svietu, kokiu buvęs nuo pat predkų. Nors žmoneliai vis mainos, vieni mirdami, kiti į vietą gimdami, augdami, senėdami ir vėl mirdami, o gamta paliekti vis ta pati, su toms pačioms visada vienokioms atmainoms oro.

Šį vakarą teipogi gražus pavakarelis. Saulelė lenkės netol viršūnės miško, pamažu rietėjo pakalniuo kaip didžiausis raudonas ritinis. Dienovidžio šviesūs jos spinduliai kaži kur užlūžo, į vietą užsisiautė perregima kaip šydras balta migla, per katrą kaip per giliausį vandenį plaukė nuoga saulelė, be baimės akių leisdama į save žiūrėti. Tykus vėjelis virpino apušės lapais ir nešiojo kvapą vystančios į šieną žolelės pradalgėse, gulinčios žaliojoj lankoj. Dubysa tykiai gurgėjo per žvyryną, tarytum pavargusi darbininkė laukia tik vakaro, laukia valandos poilsio. Visur tyku, kartais tik gandras suklekina arba piemenelis vamzdelį subirbina. Magdelė netol savo trobos, lenkėj, už daržo ravė linus; pas ją bovijos nedidelė mergelikė. Pakalnėj, alksnyne, keletas bandos šlemštė pažėlusius jau atolus. Piemenelis, pūsdamas į vamzdelį ir pakaitais dainiuodamas, artinos prie dirvos. Mergelikė pasišokėdama bėgo priešais.

– Jonel, Jonel, duok man vamzdelį papūsti!

– Tė, Marel, pūsk!.. O, teip... gerai birbia? Marelė pūtė, birbino ir džiaugdamos juokės.

– Jau baigi rauti, mamaite? Pati viena pavargai... šnekėdamas Jonelis rinko saujas ir statinėjo į gubeles. Motyna atsitiesusi, rišdama saują, tarė:

– O tu, Jonel, gerai išalkai? Nebuvai nė ant pavakarės; mudvi su Marele turėjom čia duonelės, paėmęs užsikąsk, potam padėsi sustatinėti. Teip skubu nurauti – laikas jau bėgti namon; Kazelis turbūt jau pakyrėjo bobutelei, o ir tata netrukus susivoks.

Marelė prilakino Joneliui tarbelę, tas, atsilaužęs duonos, užsitepė sviesto iš abrinelio; valgė, o antrąja ranka rinko ir mėtė saujas į krūveles.

– Neatėjai pirma, Jonel... karvės jug negyliavo... būtumei man padėjęs anksčiau nubaigti...

– Mamaite, aš tvorą tvėriau, kur tatos buvo pradėta; skubėjau, nė valgyti nėjau; davariau lig pat volo galo.

– Kaip tu mietus susismeigei?

– Nusinešiau zoslaną ir pasistodamas įmušiau su kūle.

Nubaigusi motyna rauti nusišluostė prakaitą, pažvelgė į saulę; ėmusi statinėti, šnekėjo:

– Gerai, vaikeli, kad imies už darbo, reik stelgties padėti tetuleliui;

matai, kaip jis vargsta, darbuojas, maitina mumis visus; iš jo kruvinos procės turim duonelės, apdaro ir gyvolelių kiek reikiant. Turi jau dvyliktus metus, gali jau ir pats išmanyti.

- Mamaite, jug kad tata nenorėtų pats vargti, galėtų mane leisti su dilėms į Kuršėnus, ar aš nenuvažiuočio? Tata tuo tarpu pasiilsėtų, šnekėjo rimtai, kaip senas vaikis. - Bene aš važnyčioti nemoku? Kur į pakalnę - užšok ant vežimo, kur į kalną - nušokęs pastūmėk su pečiu, paniūk - katras netraukia arklys. Ar aš nematau, kaip tata važiuoja? Arklių raižyti nereikia! Motyna žiūrėjo džiaugdamos į Jonelį ir juokės.

- Už keletos metų gal tą ir padarysi, jei Dievas duos sveikatą, bet dabar, vaikaiti, negali: ne tam dar tavo amžius, verčiau po namus slaugyk tatą, darbuokis galimą darbą; gana to, jog tata matys, kad tu nenori tingėti.

- Žinau aš, mamaite, jog tingėti - griekas, ir bobutė sako, kad dykai valgoma duonelė verkia.

- Žinoma, verkia, vaikaiti, kas dykai nori valgyti, - tvirtina motyna. - Žiūrėk, tetulelis kiek prakaito išlaisto bedirbdamas duonelę; ir tu sek jo pėdas! Dėkui Dievui, pabaigėm, bėkim, Marel, namo. Jei tik rytoj nelis - saulelė plaukia kaip per vandenį.

- Saulelė ir vakar teip pat be jokio spindulelio leidos, bet varmų tiek nebuvo, - šnekėjo Jonelis, eidamas kartu. - Šį vakarą kokiais būriais čiulkinį grūda, žiūrėkit - aida, aida!.. Vidur kaip debesys, o kramtos kaip pašėlę. Tata sako, jog tai prieš lytų teip anie šėlsta.

- Gal būti ir teip, - pridavė motyna.

- Nėra stroko, kad ir lytų, - tęsė Jonelis: - mūsų rugeliai suvežti, šienelis suvalytas, nebepus nieks ant lauko. Linams, mamaite, jug nieko dar nevodys, kaip bobutė sako: "Kas aplaistys, sušlapins, tas ir išdžiovins."

Artie kiemelio atsigręžė motyna į vieškelį.

- Nematyti dar tetulelio, - tarė. - Marel bene palikai terbelę?..

- Nepalikau, šit paisinešiau.

Motyna įbėgo į vidų, sukos apie apyvoką; Jonelis, įsisvadinęs Marelę į ratukus, lakino į rinkį kiemelio, abudu juokės, kvakėjo.

Bobutelė - kaip seniai bematyta! Per šmotą jau pasensterėjusi, čyst į kuprelę sulinkusi, bet senu papratimu darbšti ir greita. Išėjusi surinkti skarų nuo tvoros, ant Jonelio barės:

- Ko teip lakstai kaip aitvaras? Vaikui ir sprandą nusuksi! Verčiau suveizdėk gyvolius, žąsis - vakaras nebe tolie; įnešk virbų ugnelei, paslaugyk matulelę, matai, kaip ji sunkiai dirba; toks dičkis gali jau padėti darbuoties, ne dykai lakstyti. Vaikaiti, mokykis užsipelnyti duonelę!

Jonelis, sustojęs bėgioti, į seserikę tarė:

- Klausykim bobutelės! Lekiam, Marel, su ratukais į patvorį pavolyj; ten yra kupetikė skiedrų, kur tata mietus tašė; susipylę parvešma ir karves parsivarysma.

- Aš važiuota važiuosiu... No!.. Tu mano arkliukas. Jonelis, atsikėlęs vartus, nusilakino Marelę ratukuose. Parvažiuojant Jonelis traukė ratukus, O Marelei liepė stumti. Kaip jis atsisukęs pažiūrės, tumet ana stums, o kaip jis trauks, neveizės, tumet ana užsigulusi ant skiedrų važiuos. Led paspėjo pro vartus namon, ir tetulelis parbrazdėjo. Vaikai, metę savo darbą, puolė priimti. Jonelis, bučiuodamas į ranką, kartu ėmė tėvui iš nagų votegą ir vadžias; šoko arklių nukinkyti. Marelė, įsikibusi į skverną tėvui, čiauškėjo, pasakojo, kaip važiuota važiavusi skiedrų.

- Tetuleli, už ką rauduką pažabojai? - klausė Jonelis.

- Kam jis be proto lekia! Negal nutūrėti nežaboto. Jonelis varsluodamas šnekėjo su rauduku:

- A, tu, valiūke! Ko neliaunies? Už tai gavai gelžį pakramtyti, ir smūgis dar kliuvo... Žinosi bėgti rimtai... duokš pavalkus, lenk galvą... trr, lenk, o teip! - Kumelė, myniodama vadžias, graibė veją. - Trrr, tu, pelėda! - šaukė ant kumelės. - Ko nestingi?.. Apkaitęs raudelis, nabagas!

Apkabinęs kaklą arklio, prisiglaudęs, nuvedė prikabinti prie tvoros; grįžo kumelės numauti.

Išėjusi Magdelė sušuko:

- Tetulelis jau susivokęs!

"Tetulelis" dabar jau tikrą vardą nešioja; tai nebe pirmutinis, nuliūdęs ir nusiminęs Juzas, dabar linksmas ir pakajingas, džiaugės laime ir pasivedimu, žydėjo sveikata ir tvirtumu. Sveikinos širdingai su savo mylimąja Magdele, teipogi labai atsimainiusia. Dabar nebe išblyškusi, kliena Magdelė, bet su geru paliaukiu, drūkta bobelė, balti raudona, skaisti kaip rožė pūrinė, matyti, gerą ganiavą turinti. Tetulelis gyrė savo gaspadinę Marelę ir po kišenes graibės zuikio pyrago; potam, paėmęs ant rankų čiauškančią mergelikę, bučiuodamas nešės per kiemą. Atsisukęs dar tarė:

- Prikabink, Jonel, arklių prie tvoros, teatsipūtie; kol mes pavalgysma, tepastovie.

Magdelė sukos apie večerę. Jūzapas, pabučiavęs matušelei į ranką, potam atsiklaupęs prie lopšio, šnekino čverties metų Kazelį. Nupraustas baltai, riebus kaip rubuilis vaikas, rodos, pažino tėvą, nes bovijamas krukštavo ir spardės. Nubučiavęs jam tėvas rankeles ir kojeles, sėdos su savo šeimyna prie večerės. Magdelė klausinėjo apie keleivystę.

- Mažne prisigavau šį kartą, - tarė Jūzapas: - truputį per didelį vežimą prisikroviau, sunkiai traukė; kur į kalną, vis gavau pastūmėti,ir pečiai mažne man paskaudo.

- Kam reik teip godėties? - barės motynelė. - Besigaluodamas bene nustosi sveikatos? Ar ne teip ir tėvo nabaštikas, bedirbdamas per nemierą, įgavo sintį ir nepersenęs gavo po velėnos palįsti... Debeselis skausmo perbėgo visiems per kaktą iš priminimo mirusio tėvelio. Tai pasergėjusi, motynėlė tarė:

- Ką padarysi!.. Mes jo nebesulauksma, o jis mūsų visų sulauks ir pasitiks.

Magdelė iš naujo užvedė kalbą apie uždarbę ir keleivystę.

- Pernai vasarą ir per žiemą nors tarpais važiavau, - kalbėjo Jūzapas, - o žiūrėk, iš tos uždarbės išsimokėjom visas skolas; gal sakyti, jog trobą, klėtelę pasistatėm, arklį nusipirkom, dar atskalų paliko... Laikas lig laiko du rubliu užvažiuoti - tai ne niekai!

- Jei neprapuolinės tie tavo atskalai, Juzaiti, - tarė motynėlė: vienam ir kitam įkaišiojai be jokio raštelio...

- Ką padarysi, mamaite, kad jo tokia gailinga širdis, - teisino Magdelė: - Jocas verkia, kad jam kumelę pavogė, kartu ir Jūzapas verkia, duodamas jam paskutiniu dešimt rublių...

- Kaipgi negailėsies? - pertraukė Jūzapas. - Pavogė žmogui kumelę pačiame darbymetyj, sėjamu laiku, kur kožną valandą reikia kumelės; pinigų neturi... nė žmogui plaukti, nė šaukti. Vagį sekioties pėsčias nepaspės, o čia arti, ekėti vėl zgaunai reikia. Ką gi darysi nedavęs paskutinius?

- Niekas tavęs nepeikia, Juzaiti, už tai, - teisinos pati: - aš tik sakau, jog tu be galo gailingos esi širdies; tumet negelbuotumi žmogaus, jei bent neturėtumei pats nė grašio.

- Vot, Kvečas mokesniams trūko - daviau kelis rublius, - kalbėjo Jūzapas. - Žymantą broliai būtų ištaksavoję už iždierškį, vėlek pažyčiojau porą dešimtelių. Vis bėda, vis reikia gelbėti, o dėl niekų dirbti tokius raštus - nestovi su saviškiais. Atiduos žmonės, kožnas turi sumnenę.

- Kartais ir labai norėtų atiduoti, o kad nebėr iš kur, - tarė motynėlė. - Ir tavo, vaikaiti, kruvinai uždirbta kapeikėlė, ne iš upės pasemiama, reik pasimislyti, jug ir pats turi vaikus...

- Mamaite, nebarkis! - prašės Magdelė, - tesižino, teduodie, nes nėra jam didesnio džiaugsmo, kaip sugelbėti ar ką gera žmogui padaryti. Jau tame dalyke mat atsigimęs suvisu į matušelę!

Visi širdingai susijuokė. Pertraukė kalbą Jonelis, apsisiautęs ilgu balakonu, rankoj nusitvėręs pančius, pasisakęs jojąs arklių ganyti.

- Ak tu, mano kūdiki, - šokos tėvas, - kur tu vienas josi... Gali naktį nusigąsti!

- Ne vienas ganysiu, tetulei; nujojo Jankaus Domė, Žymanto Antaniukas, josma visi į skynimus, jau susirokavom. Nebijok, tetulei, susikursma ugnį... Tata, miegok pakajingai, aš pareisiu bandos išsivaryti, kaip išauš.

- O tai mano vyras! - džiaugės tėvas. - Imkis kailinius pasikloti, negulkis ant plikos žemės. Eikim, aš tave ant kumelės užsvadinsiu, nepasilik nuo kitų.

- Jonel, įsikišk duonelės, - šaukė babutelė. - Maželelis!..

- Tė, Jonel, varškės galą, - įkišo motyna į kišenę: - pravers tau sniedonei užsikąsti.

- Nesėsk, Jonel, ant rauduko, jok verčiau ant kumelės: tas beprotis kartais baidos, gali tave išmesti. Šit kailinius paklojau... Op!.. Ar turi sierčikų?.. Tė, negulkis artie ugnies... veskis sabaliuką... Surėžk raudukui!

- Laba naktis! - sušvilpęs Jonelis nujojo.

- Pone Dieve, padėk, - peržegnojo tėvas, keldamas kiemelio vartus.

Saulelė seniai užsileido, pagaliau ir vakarinė žara jau užgeso, juoda prietamsa apsiautė visą žemę. Dangus be jokio mėlynumo ir be skaistumo, be jokio spindelio ir be vienos žvaizdelės, pilkavo tik truputį ant galvos, kaip storais dūmais aprūkęs, o pakraščiais jungės tamsinybėj su miškais ir kalnais; nebgalėjo atskirti rubežių dangaus nuo žemės. Apdengė jau juoda tamsa laukus, pievas, miškus ir pelkes; nė paukštelio, nė žvėrelio, pagaliau nė naminio gyvolelio niekur nė balso, visi jau saldžiu miegu užmigę ilsėjos; tolie tik spyksojo ugnelė arkliganių ir retkarčiais kaip iš po žemės atsiliepė atbalsis tilstančios jų dainelės, ir vėl viskas tyku; vėjelis tik kartais pūkštelėjo, maišydamas drėgną miglą, tarytum skelbdamas netrukus šiltą lytų.

Bobutelė, Marelė ir Kazelis skaniai jau miegojo, o Jūzapas su Magdele sėdėjo dar susiglaudę ant suolelio po langais, žiūrėjo abudu tolyn prieš save, bet jau akys niekur nerėmės, matė tik savyj mylimųjų paveikslus. Ilgas valandas teip sėdėdami, nors nė žodelio į viens antrą neištarė, vienok labai daug apipasakojo kits kitam apie savo laimę.

1897 m.

Sučiuptas velnias

Yra sakoma sena pasaka, kad lig šv. Jono visi žmonės meldžias, šaukia lytaus, bet neišmeldžia. O po šv. Jono ir viena boba, užpečkyj atsisėdusi, by tik pašnibžda vienus poterus, tujau prakiūra lyti. Bet šįmet nelabai tesipildo tokia pasaka. Ne tik šv. Jonas perėjo, bet jau ir po šv. Petro, o lytaus kaip nėra, teip nėra. Saulelė, rodos, kartais įsileidžia į debesis ir vėjas šniokščia kaip ant lytaus; ant ryto dėlto saulė teka čysta, spindinti, tarytum išsiprausi nakties migloj, ir vėl kaitina per kiaurą dieną, neužstojama nė mažiausių debesėlių. Visokie augalai ir žolelės iškaitinti, pavytusiais lapais, guli per dieną ant išdžiovintos žemės. Per naktį truputį atvėsta ir gaivėjas vėsesniu ir miglotu oru. Netrukus nuo ryto saulelė spėriai nudžiovino rasą, ir vėl žolelių lapai nulinko. Žemė išdžiūvo, išspindėjo saulės įkaitoj, net suskeldėjo. Dumbluotos pelkės visur sustyro.

Žmonės skuba, pluša šieną valyti, nes rugiai baltuoja ir baltuoja kas kartas didžiau, pirštu prikimšamai užeis ir rugpjūtė. Gaspadoriai linksmai akimi žiūri į rugius, nes ne vienam labai trūksta jau duonelės. Galėtų kur prie kalnelio jau prasipjauti kraikams, bet nelaimė – vis tas šienas tebsipainioja; darbas ant darbo lipa, lytaus, kad bent galėtų pailsėti. O čia priešingai, kas diena saulelė rieta per čystitelį, žydrą, kaip nušluotą apskritulį dangaus, tarytum ugniniais savo sparnais nublaškė visus debeselius sau iš po tako.

Dvaro rugių laukas čyst jau pabalo. Danokusios varpos suvisu nulinko, tarytum stebisi į žemę ir dūmoja, jog netrukus reikės grūdeliams grįžti į žemę ir šaltame kalinyj kentėti per žiemą. Kita, nebelaukdama žmogiškos rankos, užgauta vėjo, išbėrė savo grūdelius ir nusilengvinusi stačiai atsistojo. Šiaudai per sudžiūvimą net į rausvumą paduoda, o vėjo linguojami šniokščia šnabždėdami.

Ponas, įsiręžęs pilvą, žiūri, ant ežės atsistojęs, kaip urėdas dalija margius kumiečiams dėl pjovimo ir rokuoja pelną iš grūdų: kiek vagonų galės pristatyti į Rygą, o kiek į Liepoją. Kad tik nepajustų Kuršėnų žydai, nuo katrų jau seniai yra piningai išimti... Kumiečiams ir šeimynai užteks pasturlakų duonai...

Padalijo urėdas kožnam po tris margius; darbo ant trijų dienų, nes tiek dienų bobos turi išeiti prie rugių. Liko dar šmotas lauko. Urėdas klausias pono, ką su tais daryti.

– Samdyti darbininkus, – tarė ponas, – nes rugiai birsta, reikia skubinai pjauti!

Samdininkų būrys, sustojęs į eilą, pjauna atkalnėj, per pusvarstį nuo kito atsilikę. Kožname tarpe eina motriška kinkuodama, tarytum kloniojas vyrui, glaboja, kad neveiktų jos plačioms pradalgėms. Sklaido rankas, norėdama apkabinti jam kojas, o tas įniršęs kerta ir kerta kas kartas toliau. Motriškoji neperglabodama iš apmaudo nusviedė pėdą į šalį, vėl kloniojas ir vėl pėdus svaido. Nieko neveikdamos, kožna eina ir eina įkandin savo vyro; viena mažiau, kita didžiau atsilikusi, velkas paskuo kaip uodegos. Pėdai renkas į krūvas ir stojas į gubas. Iš geltonų vilnijančių laukų beveizint mainos į pilką, pliką ražieną, eiloms gubų kaip šašais sukapotą. Toliau po lauką šnabžda žmonės, įsilindę į rugius. Viename ir kitame šmote iškišo jau galvą iš rugių guba, tarytum žvalgos į nusvirusias varpeles nepjautųjų; didžiuojas suglaudusi į kupetą pėdų būrį; tupi išsipūtusi, kaip višta apgūžusi vištelius. Apie tas bruzda vieni vyrai, nes pačios rišti su pusryčiais tik teateis. Aprasota žemė žibėjo apšviesta tekančios saulės spinduliais.

Brenda ežėms bobos, braukdamos rasą, išsisklaidžiusios kožna sau su puodeliais rankose, skleidžia nuo tako užgulusius rugius. Palikusios vienus vaikus namie, skuba ant cielos dienos darbo.

Saulelė, slinkdama ankštyn, skleidė kas kartas didžiau įkaitintus spindulius. Medžių šašuolėtis mažėjo, rasa nyko.

Petronelei Dauginienei dar liuosa koja. Nutekėjo pernai rudenį grynai iš meilės; abudu be jokio turto. Per žiemą šeip teip su pagelba Petronės motynelės išsimaitino. Ūkininkai bernus viengungius tesamdo; taigi ir Antanas Dauginis kaip apsižanijo, ničniekas iš ūkininkų nė kalbinti ant tarnystės nekalbino. Kurgi dings? Reikia lįsti į dvaro bimbilynes ir per kiaurą metą stačiai už pilvą vergauti. Antanas, jaunas, sveikas, tvirtos stovylos, patiko ponui, – gal būti geras darbininkas, – netruko susiderėti. Nelaukdamas nieko, paėmęs dvaro arklius, viename vežime parsikraustė. Dabar jau pusė metų su viršumi, kaip žanoti Antanas su Petronele. Nors varguose, nors kruvinai dirba abudu dėl kąsnelio duonos, vienok tarpe savęs dar žodelio nesusikeikė. Šįryt pašokusi pramojo skubinai pusrytį, prie durų prikabino spynelę, raktelį į kišenę, kaži ką kukulį įsivėlė į skreitą, puodelį į ranką, lekia kuo netekina, nes ir teip jau nuo kitų pasiliko. Apsižvalgės ant kalnelio.

Antai raudonuoja šalbierka. ,,Tai mano Antanelis, – bėgdama dūmoja, – nabagelis tas mano! Kada jau prie darbo! Širdelė jau jam nusmoko, o aš užmigusi kaip kiaulė!.. Kas gi kaltas? Ko nepažadino išeidamas, reikės išbarti."

Per kelis žingsnius nuo tako, įrėmęs lazdą į pasturgalį, urėdas pusiausėdoms stovėjo netol vieno statinėtojo. Praeinant Petronelei, nuo kojų ligi galvos perleidęs ją akimis, tam žmogeliui tarė:

– Tokios gražios motriškos dar nebuvau matęs, kaip ta mūsų Dauginienė... Be reikalo tokia jauna nutekėjo, vertesnį būtų gavusi vyrą; tai lėlė buvusi mergikė! O vyras – et tiktai, pajuodėlis, suvisu ne valug jos, ne tokio ana buvusi verta.

Aiškiai Petronė girdėjo eidama, nes pavėjuo buvo, prie to, ir balsu kalbėjo. Tas žmogelis ką atsakė, negirdėti; o urėdo kalbą dar po valandelės nugirdo:

– Mergos visa bagotystė – gražumas. O už ją gražesnės niekur tikrai nebėra.

Nejučioms užgirsti urėdo žodžiai giliai įsmigo Petronelei į širdį, darydami dvejopą įspūdį – nusistebėjimo ir džiaugsmo. Toks netikėtas pagyrimas jos gražumo sukrutino visais jos jausmais. Sulengvino žingsnius ir su virpančia širdžia, degančioms akimis klausės ištempusi ausis, bene nugirs dar kokį urėdo žodelį... Nieko nebegirdėt. Vėlek pasijudino greičiau bėgti.

Pribėgusi prie krūvos pėdų, pastatė puodelį, išrišo ryšelį, kaip tik tiesės, stačiai į glėbį Antanui. Tas apsikabinęs myluodamas tarė:

– Mano maželele, jau atbėgai!.. Šiandien nebepasiilgsiu, būsma kartu per dieną.

– Teip ketinau barties ant tavęs, Antanel... Kaip čia reik dabar bepradėti?.. Sėskis, valgyk.. Turbūt jau gerai praalkai?.. Tokį šmotą jau nupjovęs!

– Už ką žadėjai barties, Petrel? – klausė Antanas, imdamas puodelį.

– Kam nepažadinai mane išeidamas? Dar ir langus užleidęs! Pašokus man tokios šoros!.. Visos jau išvirusios, nebeįmanau, kur pulti. Teip supykau, žadėjau nė pusryčio tau nebenešti.

– Dėl to teip skaniai... ir atnešei supykusi, – juokės Antanas, sėsdamas valgyti.

– Tau visada skaniai, nors būtų čyst juoda putra. Ir Šiandien nelaimė man stojos: beskubėdama paliejau daugiau neg pusę pieno, paliko juoda bulbynė, o jam vis gerai, vis skanu!

– Nors ir juoda, bile tavo virta! – tarė Antanas, srėbdamas bulbynę.

Vėjelis pūkšnojo, varinėdamas pilkus ir gelsvus kukulius debesų. Petronelei urėdo žodžiai be paliavos skambėjo galvoj, todėl, atsisėdusi priešais, žiūrėdama į Antaną, dūmojo:

– Kaip tie poniškieji greitai pamato viską!.. Kaip ir tas urėdas... Rodos, nestebi į žmogų, o vienok mato, kas gražus, o kas ne. Teisybė, Antanas labai pajuodęs. Tuo pažinimu rodės be galo gražus, o dabar – et tiktai!.. Bet jis mane dideliai myli... Urėdas sako: ,,Ne tokį būtų gavusi..." Tiesa, atsitinka kartais. Juk ir Birutą dainuojame, jog per gražumą prastą mergelę kunigaikštis paėmė. Dabar to nebėra!.. Vėl sako: „Tokios gražios dar nebuvau matęs, – švyptelėjo, – rodos, kad čia kokia išrinktinė būčio." – Šluostė kaktą ir kasą pasitaisė. – „Mergos visa bagotystė – gražumas..." Tiesa, jug ir Antanas ne turtus ėmė... O kažin, kad dar būčio mergoms pastigusi, gal ir būtų doresnis atsitikęs? Bent rasi būtų nereikėję tų dienų pikiuoti!.. Urėdų pačios po dvarus, antai, kaip ropynės, be jokio darbo. Patys teipogi įsisprendę vaikščiodami duoną ėda dykai... O tas mano nabagelis nusidirbęs kaip skaniai srebia!.. Prie gaspadoriaus geriau buvo pavalgęs ir lengviau tedirbo, o dabar...

Antanas, pastatęs tuščią puodelį, nubraukė uostus, persižegnojęs tarė: – O tai dabar su medumi pavalgiau!.. – atsiklaupęs keliais pervirto priešais ir, apkabinęs Petronelę, bučiavo. – Dėkuo, Petronel, teip skaniai išvirei... Dievas dangumi tau užmokės... Kodėl nieko nešneki? Ar tebepyksti ant manęs?

– Ant tavęs pykti, Antanel?! Kad aš kaip galėčio dangų prilenkti ir tave įkelti!

– O aš įšokęs ir tave įtraukčio!

Juokės abudu.

Petronelė, atrėmusi savo karštą galvą į krūtinę Antano, žydras liepsnojančias akis paskandino tolybėj; į karštas delnas nutvėrusi jo ranką, drebančiu balsu tarė:

– Žiūrėk, Antanel, į nupjautuosius rugius... Kaip tos gubos gražiai surikiuotos į eilas stovi pavieniuo priešais kita kitos, teip danguj būtumim radę aniolus sustojusius eiloms prieš majestotą aukščiausiojo, teip pat, kaip tos gubos, nulenktoms galvoms garbinančius Sutvertoją...

Tamsios žaibuojančios akys Antano atsigręžė į gubas:

– Aniolus kažin kada pamatysma, – tarė, – o tos gubos išrodo kaip tik kareivių eilos, surikiuotos prieš karalių. Pjovėkai sklaidos kaip vyresnieji, eina pirma, taisydami būrius į rėdą, o urėdas stovi kaip karalius. Toliau už lauko miškas ankštesnėms ir žemesnėms viršūnėms atsimuša prieš saulę, kaip kokie miesto bokštai, bonės, kaminai ir sodnai.

– Aš didelio miesto niekuomet nemačiau... žiūrėsiu dabar į miško viršūnes... kaip čia gerai, Antanel, kaip čia gražu! Visumet teip būčio, būčio...

– Gana, Petrel, pjaukim, margis didelis, suvėluosma...

***

Saulelė ant žiemos toli jau nugrįžo, dienos per šmotą sutrumpėjo. Nuo sauloteko ligi pietų čyst neilga valanda. O ant vakaro beveizint saulelė nurietėjus ant laidos. Oras vėsesnis, rūstesni paliko visi pašaliai. Skystas vėjas pūsdamas virpina sidabrines vortinkles, katroms kaip tinklu aprazgyta visa paviršė žemės – tiek pievos, tiek dirvose ražienos. Pranašai pavasario, gandrai, išsivedę jau vaikus, stypinėja būriais po dirvonus, o kiti langoja aplinkuo; turbūt baudžias už jūrių marių išnešti ant uodegos padvečerką. Smulkieji paukšteliai vieni nutilo jau čiulbėti, o kiti, suvisu jau mus apleidę, išskriejo į pietus, ieškodami šiltesnio oro. Papurgalvės varnos krankia ant pradalgių vasarojaus, numano jų širdelė, jog nebe už ilgo pritrūks tokių skanėstų. Žmonės po sodas įkibo jau į bulbes, o dvaro dar šmotas vasarojaus negrėbta.

Urėdas privarė pilną lauką bobų. Vienos ritina pradalges, kitos gubikes stato, o dar kitos grėbsto. Toliau vyrai vežimus kraunas. Urėdas, valkiodamos nuo vienų prie kitų, šaukia, baras, ragina skubėti, o kur bus buvęs vis prie bobų prisistojęs. Čia, žinoma, smagiau. Viena – žodį, kita boba žodį, ir susideda ciela kalbelė. Ant galo bejuokuodamos užniko ponaičiui piršti.

– Artinas žiema, būtinai reik žanyties, nes vienam šalta gulėti. Teip ponaičiui bobos įkalbinėjo.

– Bepigu, kad jūs man parodytumit kur mergą man tikrai po širdies patinkamą, – tarė urėdas, nurodydamas liūdnumą. – Bet žinau, jog tokios niekur nebėra dėl manęs!

– O je! Kiek anų yra! – juokės bobos. – Šimtais, dešimtimis gali ponaitis išsiskirti!

– Iš ko beskirsiuos? Cieloj pasaulėj viena tebuvo, – ir prigesintas akis už mane laimingesnis, nuskynė leliją... prisirišo jos širdelę... Nežinau, ar prisirišo, tik pagavo, lig nepažinus man – išplėšė!

– Antaniene, – pašaukė rūsčiu balsu, – eik pagrėbstyti vyrams po vežimais! O jūs, bobos, šarpuokit, ligi pietų turint sustatyti.

Saulelė pakilusi kaitino kaipje vasarą.

Urėdas pirma, Antanienė paskuo jo nuėjo. Tas eidamas kaip melnyčia be perstojo su liežuviu malė:

– A ta ta! Bent mažą valandelę pavogiau vienas ant vieno, nors per lauką pereiti su mano gražiausiąja... Mano nelaimė, – tarė atsidūksėjęs, – Dauginis laimingesnis... pavydžiu jam labai, – ir skersoms žiūrėjo į Petronelę. – Ak tu, mano rože, lelija! Mylėtumei mane, kad aš tavo vyru būčio?

Petronelė susimaišė ant tokio nevatno užklausimo, paraudonavo kaip žemuogė. Lūpas tapnojo, by norėdama kaži ką sakyti, bet, nesumodama nieko, ėjo tyloms. Urėdas, būsiąs nieko neišmanąs, švypsodamas tęsė toliau:

– No, vis tiek, nors tu tekėjusi, vienok aš tave be galo pamilau, nebeturiu galios sutūrėti širdį... Turiu mylėti visada... teip stojas, ne ką darysi!.. Žinau, kad tu nebūsi tokia durna ir negirsies vyrui, o jis pats nesupras; dėl to, jog aš dėl tavo meilės ir jį kartu myliu... Eikim stačiau šen per piaunuką... Gal neperšoksi per ravą? Duokš ranką – no, hop!

Suspaudęs jos ranką, šoko pats ir ją kartu pertraukė stačiai sau į klėbį. Spustelėjo prie savęs pusiaužniugą, o uostai ir jo karštos lūpos į jos burną įsmego. Stojos tai vienoj akies mirksmėj, ir vėl toliau po kits kito žengė.

Urėdas, įkypai atsisukdamas, truputį pristodamas, lengvai kalbėjo:

– Motriška dideliai graži – visiems vaikiams papjūtis: pritraukia akis, prikala širdį, sumaišo galvą, nors tu, žmogus, nusišauk matydamas, jog nebegali jos gauti!

Išpūtė per uostus, kaipo būt atsidūksėjęs, ir pažvelgė į Petronelę. O jai prakaitas iš karštos kaktos kaip žirniai sunkės, o širdis tvaskėjo, net greta einant buvo girdėti.

– Aš, turėdamas tokią pačią, – tęsė toliau urėdas, – kaip rožių kvietkelę, oi, mokėčio mylėti!.. Nes meilė meilei nelygu... Tie tamsieji vyrai retai katras temoka mylėti; anie daboja pačią, pavydi, kad su kuo nepajuokuotų, nepažertavotų. Kam to reikia? Gražiai pačiai tur būti liuosa valia; jeigu kitas ir pamiltų ją, ana dėlto neapleis nė vyro. Oi, motriškosios yra gudrios! Moka dailiai po du vyru valdyti, be kokios nuoskriaudos pirmojo; pagaliau tankiai daug jam gero padaro... Atsiranda kitos davatkos, sako: „Griekas vyrą apgaulioti!.." Cha, cha, cha! Anoks ne griekas vyrui gerai daryti: palengvinti jam darbą arba daugiau duonos uželnyti suvisu nekaltu būdu... Gražios motriškos nereikia mokyti, nusimano ji ir pati, ką savo skaistumu galinti padaryti, nes, kartą apkalusi vaikio širdį, vadžioja potam sau jį už nosies, kaip tik patinkamai... O vyras vyro vietoj... Antaną išsiųsiu tujau į pačtą, užtruks ligi pavakarės... Ar neskaudės Petruselės širdelė, – klausė užsikvempęs, – kad teip ilgai nematys vyrelio?

– Neskaudės! – išspruko žodis Petronelei nejučioms; susizgribo išsitarusi, bet išleisto nebegali sugaudyti.

Artindamos prie vyrų, skubinai urėdas pusbalsiai šnekėjo:

– Būk gudri, Petrusel! Neišsiduok, ką girdėjusi, ir neparodyk mūsų jausmo... Dėl manęs tai būtų vis tiek, bet man reik tave nuo svieto kalbų daboti ir slėpti nuo vyro... Jei aš kartais sušuksiu sragiai, neimk už blogą, žinok, jog širdyj kiteip mislaju, bet dėl sviesto akių kiteip reik daryti!..

Atsitolindamas juokės savyj: – O tai tikra žąselė! Ledva tik pagyriau tyčiomis jos gražumą, jau tikrai įtikėjo, mislijas dideliai man įsidabojusi. Bet reik atsargiai elgties: kokį dar laiką atstu laikyties, o potam... bus mano

107

viršus.

Vėjelis pakilo, debeseliai ant dangaus tarytum gainiojo kits kitą. Petronelė grėbstydama atvėso truputį, o urėdo kalbą vis širdyj dūmojo... ,,Ko mat nereik ant svieto datirti!? Meilė meilei nelygu..." Tas – tai mokėtų pačią mylėti!.. Kaip jis moka spėriai pabučiuoti, ir vėl būsiąs nieko nežinąs... ,,Vyras vyro vietoj", – žinoma, teip jam prisiekta meilė... Pirmas ir paskutinis kartas su tuo urėdu. Jei man dar kumet pradės ką plepėti, pasakysiu stačiai: ,,Tamsta man ne kavalierius, aš tamstai ne kokia pana!" Nabagas, nosį nuleidęs gaus šalin nėšinties...

Užsidūmojusi grėbstė, tik capt Antaną į klėbį! Petronelė – krust, teip nusigando, kaip ant pikčiausio darbo nutverta, net sudrebėjo.

– Ko teip nusigandai, mano mažele? – klausė Antanas. – Ką teip užsidūmojai, kad nejutai manęs ateinant? Ką dūmojai, pasakyk! – prašė bučiuodamas.

Petronelė prasižiojo, truputį pamikčiojo.

– Poterius kalbėjau, – tarė, – kaip viena atskirta... grėbstau.

– Mat aš pertraukiau. O dabar, mano mažele, klausykis... Aš išvažiuoju į pačtą su pono siuntiniais, turiu skubėti. Pasiprašiau urėdo, leido mane vienu žygiu užvažiuoti pas matušę; gal povėliai tepagrįsiu. Urėdas dar įdavė pirkinių ir sakė, kad tau savo pietų nulykys; galėsi nevaikščioti namo. O man duos dvare pavalgyti. Dabar vakarop manęs telauk... parvešiu ką norint nuo matušės.

Petronelės nušveto kakta, tujau atpuolė jai į galvą urėdo kalba: ,,Daug gera vyrui padaro..."

Jau Antanas per varstą atsitolino, ji dar pašaukė:

– Antanel, pabučiuok mamaitei į rankelę nuo manęs! Antanas eidamas kraipė galvą dūmodamas:

– Kaži ko tokia sumišusi mano Petrė?

Pasilikusi viena, Petronė vėlek dūmojo: ,,Nogi ir matysiu, kaip jis man tuos pietus čia ištieks? Kad tik artintųs bučiuoti, jau kad skelčio!.. Ne, vienas ant vieno nebūsma ir per ravą nebešoksma, – švyptelėjo. – Pašėlęs gabumas ant to bučiavimo!"

– Antaniene! – netolimais urėdas pašaukė. Ta, nustojusi grėbstyti, klausės.

– Kaip atneš dvaro mergikė man pietus, priimk ir atnešk aure pas daržinę; nešėją atleisk namon.

Pasakęs nuėjo.

– Šitaigis tau, – juokės širdyj Petronelė, – bus ir pietai... Tai sumanymas! Išmanyk tu dabar vaikių gudrybę, neapmaus tai toksai vyro?! Bet ir gera kartu padaro: mat važiuotas nuvažiuos pas matušę. Kada

Antanas jau geidžia... Ant galo dar abudu pašers pietus... No, matysma toliau; manding, ant galo atsimuš nuo manęs kaip nuo kietos sienos. Išsiskleidė ant pietų. Urėdas su Antaniene vienudu paliko cielame lauke... Dvaro gaidžiai giedojo dvyliktą.

– Nešk šen, čia į pavėsį, – sako Antanas, eidamas pirma. Apsižvalgęs atsisėdo. Truputį pietų paknėbčiojęs, tarė:

– No, Petrusel, valgyk dabar! Man geriausieji pietai į tave žiūrėti; bet nedrovėkis, valgyk. Būk su manim drąsi, čia niekas mūsų nematys. Pasitraukė truputį į šalį, kol Antanienė valgė. Vėjas pamaželiais telingavo lizdų šakas; didžiau jas šnabždino voverelė riešutaudama. Kaip tik Petronelė indus padėjo, tik urėdas – šakt ir prisisėdo artiteliai, greta.

– No, dabar bus dėkuo už pietus!

Tai sakydamas, užvertęs jos galvą, nuža bučiuoti lūpas, akis, skruostus, kur pakliūk... Petronelė sprudulo, kraipė galvą, stūmė su rankoms, o pasakyti nieko urėdas nedaleido. Kaip tik ana norės žioties, tujau su uostais kaip su kamščiu ir užkimš jai burną. Skepetelis nuo galvos nusmuko, plaukai išsidraikė, prakaitas ją apipylė. Truputį atleidęs, bet dar apsikabinęs, tarė:

– Oje, kokios tavo gražios kasos, Petrusele! Kaip gyvas, nė prie ponių niekur tokių nemačiau... O teip gražiai geltonos, kaip auksas!

Stūmė jo ranką Petronelė tylėdama ir stengės atsikelti, bet urėdas pritūrėjęs tarė:

– Nepyk, Petrusele, dovenok! Šiandien man pasigautoji. Kažin, ar beatsitiks kame tave bepabučiuoti? Gal to sykio užteks visam amžiui paminėti, – ir, pagrobęs jos ranką, bučiavo. – Gal nebeteks niekur teip artie... leisk į tas tavo dangiškas akeles pabučiuoti, – ir vėl užvertęs bučiavo akis.

Petronelė naujai dasižinojo turinti dangiškas akis ir kasas aukso, kokių nėr kitų ant svieto. Nors širdyj gėrėjos, vienok nurodė piktumą.

– Liaukis, ponaiti, – sušuko, – tikrai supyksiu!..

– Nepyk, ne! Paskutinį kartelį jau dabar... Kiek tu turi metų?

– Devynioliktus baigiu į rožančavą.

– Meluoji, bročele, meluoji! Matyties, jog tiek neturi, bent neišrodai ant tiek... Ir ko tu tokia jauna koreis už to vyro?! Bent ar myli tave tas vyras? – klausė užsikvempęs.

– Ką dirbs nemylėjęs! – rūsčiai atšovė Petronė ir pašoko nuo žemės.

– Kodėl nemylėti tokį paukštelį?! – atsidūkso urėdas. Ant to pasibaigė pietai, nes pradėjo rinkties į lauką darbininkai. Srauni upelė vingurdama lankoj, vienokiai pasišūkėdama per akmenelius, gurgėjo.

Urėdas eidamas juokės savyj:

– Dar purkštaus mat kaip ožka! Būsiąs nesileidžianti bučiuoti... kol prijaukinsiu.

Petronelė grėbstė pikta ant urėdo, kam jis bučiavo, ir pati ant savęs, ko neskėlė jam į dantis...

– No, paskutinis kartelis, – mislijo kinknodama galvą. – Tegul teip kitą sykį, jau kad duosiu!.. Pfu! Kam aš čia turiu užsidėti! Mane teip myli Antanas... Kad aš teip jam pasakyčio... kažin, susibartų, gal ir išpertų urėdą?.. O tas mane už paskutinę durnę paskaitytų... verčiau nieko dar nesakysiu. Čia Antanui nėjokios nuoskriaudos nėra. Matysiu toliau, ką teip daug gero mums padarys... Paspėsiu dar nusikratyti... O kaip pasibaigs dvaro dienos, nebesusieisma, ir pats nutols, bet bučiuoti – tai nebeprisileisiu niekados. Kad jis teip graudingai žiūrės į mane... akys pilnos ašarų... teisybė, rodos, dangus jose matyti... ir Antanas teip liuob žiūrės... Pamilo nabagas, nereikalingas jam širdgilas... Aš Antanui prisiekiau ir turiu jį mylėti, o urėdas – jis be manęs, aš be jo!

Špokų būrys, kaip didžiausias debesis, pakilęs iš lazdynų, viršumi galvų nušniokštė į mišką.

Kol lauko darbai pasibaigė, ne sykį urėdas dar prigavo išbučiuoti Petronelę, o vis teip pataisė, bedarydamas Antanui gera. Ana kožnu sykiu, o visada tvirtai šiuo tuo pagerino, todėl nors pykdama, bet tylėjo. O išėjusi prie darbo, iš rytų pusės tankiai žvalgės, kame urėdas sukinėjasi. Prisiartinant jam arčiau, Petronelė linksmai švypsojo, taisės ant galvos skepetėlį arba kasas, gėrėjosi širdyj, jog savo gražumu pritraukusi vaikį. Minėjo tankiai jo žodžius ir apsiėjimus. Kartais pasibaisėjo apgauliojanti vyrą, bet spėriai raminos: „Vyras vyro vietoj... aš dabar dar didžiau jį myliu... O nuo urėdo daug gero dastoja per mane...''

***

Giedra rudeninė neilgai tetviroja; viena diena sausa ir saulėta, ant rytojaus išaušta ūkanota ir lynanti; purvynai nieko nebesūsa. Nors saulelė spyktelėjo kokią dieną, bet nieko nedžiovino; šlapi ir šlapi visi pašaliai. Nurudavusios pievos aptvino vandeniu. Pajuodavusios ir išmirkusios dirvos, papūrusios išdraikytais ražais, niūkso surukusios kaip senos bobos. Miškai nuliūdę ir nusiminę barsto po kojų savo pageltusius lapus, nuogą ir rūsčią kaktą stato priešais žiaudraus vėjo. Žolelė pasislėpusi po patalo geltonų lapų. Naminė banda, niekuomi neprisotinta, ėda, šlemščia pageltusią žolę, atvašas ir apipuvusius lapus. Piemenims mažai berūpi daboti, todėl po namus padeda bulbes kasti.

Bjaurus bulbkasis!

Žemė išpijusi, negali keliais šliaužti, kasėjams reikia pasilenkus rinkti. Bulbės purvinos, sušlampa ir maišai, o nešioti – ligi pusblauzdžio reikia purvyną bristi. Katrie galėjo anksčiau, ligi pagadoj, nusikasti, tiems, rods, bepigu. Kumečių bobos nabagės, kol atbuvo dienas prie dvaro vasarojaus, susivėlavo su savo bulbėms. Dabar, pasitelkdamos, pasisamdydamos kasėjų, žūna, pliauškia kožna savo rėžyj. Raudonoms nosims, sukimbusiais nagais renka į krepšus ir su naščiais velka, neša namon, nebeišbrisdamos purvynų. Kitos pila į maišelius. Vyrai, parėję nuo darbo, suneša kožnas į savo trobą.

Saulei nusileidus, susirinko vyrai; parpliauškė ir bobos, purvinos ligi juostos. Kokia dešimtis gaspadinių gyvena po vienu stogu. Visų nevirtos večerės. Vaikai išalkę bliauna, rėkia; paršeliai žviegia, karvės nemilžtos, o čia staiga temsta, nes prakiuro lyti. Po trobą susikūrę ugnis, turėjo atsidarinėti duris, pro latras virto kaip iš kamino dūmai ir šlapgariai, per tuos nė vidaus nėmaž nebeapšvietė ugnelė. Pasieniais po aslą pripyliotos bulbių, batvinių krūvos, pristatinėta parankinių indų, ant gembių iškabinėti varvą apdarai, apie židinį išdžiaustyti purvini autai. Ugnelę apstoję, keletas vaikų šildės. Dūmų, garo, drėgmės kvapas susimaišęs darė tokį troškumą, jog žmogus ledva tik galėjo dūsuoti. Vyrai išalkę, apmaudingi, belynant vilko ant pečių iš dirvų maišelius su bulbėms.

– Neskleisk teip į aslą pildamas! – šaukė vienoj troboj. – Nebegalės nė lopšio pasupti.

– O kurgi kitur pilsi? – atšovė vyras. – Kišk į uodegą savo lopšį! Kitoj troboj, telžęs maišą į aslą, krokė vyras:

– Kaip rupūžės! Neparsineš nė tų bulbapalaikių! Nuvargęs, sušlapęs pliaukšk tu dabar žmogus per lytų paskuo anų uodegos!

Kitoj troboj vaikai klykė, o tevas, raižydamas juos diržu, tildė. Motyna čirkšdama barės.

Kitur pati, statinėdama šukes asloj po laširdo nuo lytaus, šaukė:

– O tai tau buvo manęs neklausyti! Sakiau – nebūkim prie to velnio, nebūkim! Nė kur galvos pakišti nėra, be jokio stogo; kaip pradeda lyti, ir troboj varva už apkaklės; ne tik drobužiai, bet ir mes patys supūsma. Lygu doresnės trobos nėra sviete? O darbas visur toks pat biesas.

Ir teip iš visų urkštynių, troboms vadinamų, visokie balsai davės girdėti – bartynių, verksmo, juoko ir keiksmo. Kožnoj ypatingu būdu prasiskverbė atskirai gyvenančios šeimynos.

Tik vienoj suvisu tykiai. Nors teip pat praviros durys ir dūmai rūksta, bet kalbos nė balso: turbūt pašnibždais šnekasi.

Toje gyvena mūsų pažįstami – Antanai Dauginiai.

Pirmą kartą stodamas į dvarą, nė ominais nepabojo pasižiūrėti, kur reiks stovėti, kokios trobos. Parsidanginęs rado trobas įsmegusias į purvyną mažne ligi pat langų, sienas supuvusias per tai, jog be jokio stogo, kur ne kur po lopelį šiaudų dar kėkso. Ką gi bedarysi? Reik talpinties, nors varginai. Laimė dar, kad naudelė Dauginių nedidelė. Vasarą, kol sausa, giedra, dar pusė bėdos ir po dangumi gyventi, bet, rudens lytams prasidėjus, nenorint reik poną keikti. Ponas dėl savęs dvare turi du rūmus, trečią palverką šeimynai stovėti; dar pastatė antrą palverką didelį, su daugel kambarių, nebėra kam anuose stovėti. Viename – keli batviniai pamesti, kitame – koks indelis, visi tušti kaip stadalas, o užrakinėti. Skerdžiui ir gaspadoriui paskyrė prie galo po maželę kamarelę; tose, kaip padirbino pečius, toliau erčios – ledva lova beišsitenka. Tokioj ankštybėj spraudos su vaikais, kuo ne ant kits kito. O didžiausios trobos tuščios, užrakinėtos. Gailis ar pavydi žmogui geresnės erčios... Kiti visi darbininkai sukimšti į supuvusias trobas po sudriskusiu stogu, murdos po purvynus, trokšta po dūmus.

Parėję nuo darbo ant nakvynės, neturi kur dorai nė pasiilsėti, o dieną nemato, kaip jų trobos išrodo, nes neturi laiko žvalgyties.

Nuo aušros ligi sutemos urėdas užsigulęs skatina tik darbuoties. Po tokio vargingo darbo dvare, per dieną darbininkai nužuvę, parėję į savo trobą, vėl vargsta be doro pailsio; ne dyvai, jog iš apmaudo ir be reikalo sukeikia kartais pačią arba vaikus. Ant pono nors širdis virti verda, bet jam nieko nepadarysi: nenori – nebūk, jis ir kitą gaus; visas pasigavimas – jei sukeikia jam negirdint.

Antanų troboj nėra nė kokio keiksmo: ugnelė žybura, bulvių katilelis užkaistas, jau apsiputojęs; asloj, dviejuose šmotuose, į pastatytus ant tikslo viedrus teška lytaus vanduo. Antanas sėdi ant kėdelės netol ugnies, ant kelių sėdinčią pačią apsikabinęs. Petronė – prisiglaudusi galvą prie jo krūtinės, kaži ką savitarpy šnibždasi:

– Nebeprigaus manęs kitą sykį, – tarė pusbalsiais Antanas, – būsiu gudresnis, stodamas pasižiūrėsiu, kokia troba, nebevargsi tokioj tu, mano maželele!

– Nevargsma, Antanel, nė šią žiemą: urėdas prižadėjo išsistoroti prie pono, kad mums duotų trobą naujajame palverke. Bus tiktai klapatas persikraustyti. Be galo geras žmogus mūsų daliai tas urėdas, – gyrė Antanas.

– Bepigu, kad jis išsistorotų, būtų be galo gerai. Ką jis prižada, visada išpildo. Niekdėliais ims by ką man ir pagerins: tai prie lengvesnio darbo pastatys, tai pasiųs kur ant kokio pusdienio, geresnius ugnakurius duos arba grūdų biškį užpils. O ir tau jug keletą dienų dovenojo! Prie mašinos vėlek nė viena boba tiek neuždirbo, kiek tu!.. O teip moka sumesti, apsukti, kad ničniekas nesuprastų. Geras vaikis, duok Dieve jam gerą pačią.

Teip girdamas urėdą, Antanas vis žiūrėjo į pačią. Petronelės net augo širdis; dūmojo: „Tai vis daro dėl manęs."

– Kad jam esi paklusnus, Antanel, – balsu tarė, – visur išpildai, ščyrai dirbti, dėl to tave myli.

– O ir tu, Petrel, turi prie jo loską. Žiūriu, kaip buvom prie mašinos, kur bus buvęs ir prie tavęs prisistojęs. Pasisuks kitur valandelę, ir vėl nugrįžęs prie tavęs besišnekąs. Be jokios didystės vaikis. O tu tokia nedrąsi, nieko su juomi nepajuokuoji!

Tai sakydamas, tėmijo, kokį įspūdį jo žodžiai padarys ant pačios. Petronelės burną kaip žarijoms apipylė: artie mat ugnies – apšilo.

Antanas vėlek klausė:

– No, Petrel, pasakyk, ką tau urėdas teip užsiguldamas visada šneka?

– Et, by ką... Ar girdi, kaip Stasiuliai baras? – tarė glausdamos prie vyro.

Tas švyptelėjo.

– Bepigu tiems ponams gerose trobose, – tęsė Petronelė, – sausai, viežlybai, viso pertekę, be jokio rūpesnio. Musėt niekumet savitarpy nebaras.

– No, pasakė! – juokės Antanas. – Žiūrėk, ką mūsieji daro! Andai būk ponas su revolveriu puolęs ant ponios.

– O Pana šventoji! Kažin, už ką?

– Mat ponas išvažiavęs į Šiaulius, žadėdamas porą dienų užtrukti. Poni tuo tarpu pakėlė balių. Į pat tirštumą ponas – šmakšt namie! Ir rado ponią su kaži kokiu preikšu. Tokia ten lerma pakilo: puolė pačią nušauti – kiti nedaleido; potam pats norėjo nusišauti... O tai tokia ponų meilė! – užbaigė bučiuodamas pačią. – Nepavydžiu aš aniems tokios meilės, mes galim kiteip mylėties!

Petronelė sau dūmojo: „Gerai tas urėdas sako, kad gražiosios motriškos po du vyru valdo."

– Pamatyk tu, kas po miestus dedas! – tęsė toliau Antanas. – Prisistebėjau būdamas vaiske visko. (Buvau į denčikus pakliuvęs.) Vyras mieste, po kliubus, po balius... duos garo su mergoms. Pati, kaip tik vyras koją iš namų... tujau ir lėksiu su rašteliu prie kokio preikšo, tas ir prisistatys kaip matai.

– No, Antanel, jug ne visos tokios!

– Kaip prie maskolių vyresniųjų – visiteli paleistuvai be skyriaus – tiek vyrai, tiek pačios. O kaip... katras, tumet bartynių ir peštynių ligi soties!

Toks baisus paveikslas Petronelę kaip šaltu vandeniu perpylė, bet spėriai

nusitramdė padūmojusi: ,,Bene mano čia kokia paleistuvystė? Didelė
kupeta, kad pabučiuoja kur užpuolęs! O ar aš kalta, kad teip dideliai jam
patinku... pagatavas suėsti, rankas išbučiuoja... Bet ir vyrui už tai daug
gero padaro kožname šmote."
– Pervirs bulbės, – tarė pašokusi, – valgysma večerę.

***

Kad speigas, tai speigas! Po saulės grąžos pasitvirtino žiema. Sniegas
čirškia po kojoms, ant vieškelio net cypauna po šlajoms. Vėžės paliekti
ištiestos kaip du spindintys auksuoti kaspinai. Nuo ryto saulelė ankstie
kyla iš už miškų, liedama pirm savęs ant žaros raudoną šviesą, o jos
atspindulyj nuraudo ir žemė. Žvaizdelės ant dangaus, pirma mažosios, o
potam ir didžiosios, merkės ir geso. Pamažu viršumi miško pražioravo
pirmieji spinduliai saulės ir iš raudonymės persimainė į aukso rūbą,
katruomi apsidengė visa pasaulė. Mirgėjo kaip aukso deimantais apiberta
snieguota paviršė žemės, mirgėjo šarmos kruopeliai ant medžio, mirgėjo
tvoros ir stogai. Mėnuo teipogi mirgėjo, nusigandęs stebėjos į saulės galią
ir kas kartas didžiau baldamas nėrės ir skendo gilmėj žydrojo dangaus.

Speigas teip spaudžia tykiai, net tvoros pauškėja; nebent saulei pakilus,
jei kiek įdienotų, o ant atsimetimo speigo nieko nenurodo; bus diena šviesi
ir šalta.

Netikėtai vakaruose, pakraštyj dangaus, mėlynumas pamažu balo; kaži
kokie, tarytum kalnai balti, kilo kas kartas aukštyn arba stojos kaip kokia
mūro siena, siekdama kartu dangaus ir žemės. Baltavojau toj pusėj ir
miškai, ir jungės žemė su dangumi. Pabalo, net papilkavo visa vakarų pusė,
atmušdama nuo savęs ir spindulius saulės. Vėjas, lakstydamas pagal žeme,
pradėjo kūlį vartyti, kur ne kur paspirdamas į aukštą štulpelį sniego.
Baltieji mūrai slinko kas kartas arčiau saulės. Vėjas kas kartas drąsiau
švaistės, maišydamas sniegą: bėrė į pastogę, pašvilpino į mišką, o kitą saują
žėrė stačiai į akis ir už apkaklės pakeleiviui. Saulelė, neapkęsdama tokios
vėjo drąsos, merkės ir kniausės, glausdama arčiau savo spindulius. Vėjas,
nieko neatbodamas, kas kartas palakiau šokinėjo. Supykusi saulelė
užsitrankė sau ant veido baltą uždangalą. Tumet gavęs valią vėjas užvarė
baltuosius kalnus iš vakarų ant cielos padangės, pašėko maišytyies po sniegą,
krintantį iš dangaus ir gulintį ant žemės. Maišė, vartė, suko į rataną, kėlė
štulpus, dūmė į patvorius, pūtė į pastoges, o per laukus švilpino
pasispardydamas, kol tik užkliuvo už krūmų, pėdsaką savo likdamas –
duobeles ir kalnelius. Vienu žodžiu, užkilo tokia pūga, net dangus su žeme
sumišo.

Dvaro kumiečiai, baltoms kuproms, o dar baltesniais uostais, rinkos ant pusryčio. Antanas, nudaužęs koją su šluotraže, numetęs ledus nuo uostų, atsisėdęs tarė:

– O tai šunies pūga užkilo, netikėta atmaina! Bet ne prieš dorą saulė teip raudona tekėjo: mat nurodė vėjus, o, prie to, šaltis pašėlęs. Dar būtų pusė bėdos, kad namie, o dabar ar ne bėda – varo važiuoti į melnyčią ponams pitliavoti. Kaip reik šiokie nuplaukti?

– O Pana šventoji! – sušuko pati. – Kaip tu važiuosi?! Šiokie nė suo ant kelmo nenustigs! Ir dėl ko tave varo? Jug liuob visada Stasiulis važiuos.

– Mat rokundas teip išėjo, – tyliai Antanas šnekėjo: – urėdas davė man kviečių pūrą, liepė dėl savęs susipitliavoti, dėl to negal kitam važiuoti.

Tai sakydamas, žiūrėjo į pačią, bet neužtėmijo jos nuraudimo. Ana, užsikvempusi ir pustydama ugnį, dūmojo: ,,Žinau, kad teip bus!.."

– Kur važiuosi, į Juodlį ar ant Knytuojos? – atsitiesusi paklausė.

– Kame čia gausi? Vandens niekur nėra, – atsakė vyras. – Reik važiuoti ant Virvyčios. Pilk greičiau pusrytį, tujau ims urėdas skraidinti. Petronelė, statydama bliūdelį ant stalo, bėdavojos:

– Nieko nežinojau, nieko nepataisiau nė pietams įsidėti. Tokį kelį dar nesuvažinėsi viena diena, o dar jei gausi tujau... Pūsta ir tų kviečių, verčiau būtumei nevažiavęs... užtruksi ilgai...

– Jei pavyks gauti naktį, – kol nuplauksiu, bus naktis, – gal rytoj ir parvažiuosiu.

Sumušo kojas į žemę už durų ir įėjo urėdas, pasibrukęs po pažasties kaži ką baltą kukulį. Nusipurtinęs truputį sniegą, tarė:

– Še, tu mano bobele, įdėk vyrui vakartį! Niekur terbos nesugraibiau, suriš jam kur, ar terbikę bene turi?

– Ką tik rūpinaus neturinti ko įdėti, – tarė Petronelė, – o ponaitis mat ir pasirūpino.

– Ant to tai mano galva.. Antanas žino!.. – Ir pamirkčiojo.

– Teisybė, galva ne puodelis, – juokės Antanas.

– Tokį šmotą mėsos! – dyvijos pati. – Jis nesuvalgys nė per tris dienas!

– O ką misliji tu, mano bobele... gal ir užtrukti trejetą dienų.

Susikryžiavojo akių žaibai – urėdo ir Petronelės. Antanui teipogi perėjo žaibas per akis ir galvą, bet, nenurodydamas nieko, dejavo:

– Nežinau, ar galės ir pavažiuoti šiokie... Stumdysis arkliai, o šaltis pusiau plėšia.

– Pereis, zaras pereis! – sakė urėdas, žiūrėdamas pro langą. – Po dvylikos bus atlydis, aš numanau, ir kalendorius teip rodo. Tik skubėk išvažiuoti, kol poni atsikels. Liepė gaidykste išsiųsti, o tu lig šiol dar namie. Visa bėda, kol iš namų išsitaisai, o kelyj daug važiuojančių rasi, prabrauks vėžes.

Urėdas išėjo.

Per išsprogusį lange stiklą švilpino vėjas ir dulkino sniegą į vidų.

Petronelė, by pikta, lyg sumišusi, nenurimdama ant vietos lakstė, trypė kerčia nuo kerčios...

Antanas pasitaisęs jau į kelią.

– Sudiev, Petrel! – tarė užsikvempęs bučiuoti.

Ta, apkabinusi abiem rankom jo kaklą, drebėdama spaudė prie savęs, bučiavo į burną ir į rankas. Teip kaži ko susigraudino, net ašaros nurietėjo per skruostus. Norėjo vis kaži ką sakyti, bet žodžiai tirpo ant lūpų; ledva tik pašnibždėjo:

– Neužtruk ilgai, Antanel!..

Antanas švypsodamas, pabučiavęs pačią, tiek tepasakė:

– No no, nusiramink, mano mažele!.. parvažiuosiu, būsma kaip buvę.

Po dvylikos, vakarop linkuo, kažin, ar sniegas apsunkėjo, arba vėjas pailso – nebeįveikė teip švaistyties, nes nuščiuvo oras ir speigas truputį atsimetė; einant per sniegą, koja smuko kaip į išmintą molį. Vakare žvaizdelės kur ne kur spyktelėjo, ir mėnuo, tankiai iš debesų iškišęs galvą, žvalgės ir atgal užsitraukė.

Petronelė vičvienaitė per dieną brūzdė po trobą, nesmagu ir nuobodu jai buvo, o kaip sutemo, net baugumas ėmė.

– Kaip aš čia dėsiuos? – dūmojo. – Vakaras ilgas, miego ankstie nenoriu... Pasiimčio darbo... Kaip tik žiuburį uždegsiu, įlįs urėdas... Verčiau žiuburio nedegsiu... tamsoj neįlįs, numanys, jog atsiguliau, ir gana... Bet ir to nedasižinos, jog aš nebenori, kad jis pas mane landytų... Verčiau žiuburį uždegsiu ir duris užrakinsiu... vot teip! O kad norės įeiti, pasakysiu: eik gulti, nevalkiokis pas manęs!.. Už durų šaukti – nė šis, nė tas, o viduo dar ir daugiau galėčio jam pasakyti... bet kaip įeis, tujau grobs ir bučiuos... O aš takšt į snukį... o jis gal man ir atgal?.. Ne, verčiau neįsileisti, nedegsiu žiuburio... Po padvarijį dvaro žvangėjo skambalai.

– O, dėkuo Dievui! Svečių užvirto, urėdas nebeturės laiko landyti... Bet ir aš jau nebeatstatysiu jo nuo savęs... ne, verčiau kad įeitų... Užsidegsiu žiuburį... vot teip! O duris užsikabinsiu... Nėra kobiniuko... Aaa! Su raktu trakšt, trakšt... Papūsk į nosį!.. Ir vėl nieko nepasakysiu?! Šaukti neišpuola... Ką čia reik veikti?.. Ak, tu Dieve, kokia buvau durnė! Ko aš už sykio Antanui nepasakiau?.. O kas čia man kait!.. Tegul įeis, kad nor, išvaksysiu kaip šunį!..

Trakšt duris atsuko.

Skambalai žvangėjo. Purmonai vaikščiojo po padvarijį.

Petronelė verpė ir karunką giedojo, bet mislė jos buvo tolie nuo

116

giesmės; kaži ko jos širdis rūpinos ir nenurimo – žiūrėjo vis pakaitais tai į langą, tai į duris... Atstūmė kalvaratą, vėl pradėjo vaikščioti po aslą, užpūtė žiuburį; užsikvempusi žiūrėjo pro langą... Urėdas su liktarna pareina iš stainių...

– Jau tas kipšas eis gulti!.. Ne, svečiai tebėra, negal atsigulti... dabar jau čia įlįs...

Pribėgo prie durų, nutvėrė už rakto.

– Ne, – pamislijo, – verčiau išsirieti į akis!..

– Ko aš čia turiu vargti dėl to balamūto?.. Pūkšt užpūtė atgal žiuburį, prišoko prie durų, trakšt trakšt užrakino, išsitraukė raktą ir atsiklaupė poterų kalbėti. Po valandikės kaži kas prie durų subrazdėjo.

– Petronel! – šaukė patyliais.

Petronelei širdis plakė; neįmanė – atsiliepti ar tylėti.

– Įleisk! – vėlek tykiai šaukė... Ana tylėjo.

– No, – sako už durų, – ir mano durų toksai pat raktas!.. Tai sakydamas, ir apsuko duryse raktą.

Petronelė skrūptelėjo, nebeįmanė – ar žiuburį brėžti, ar duris turėti. Puolė prie durų... Pusėj aslos urėdas ją į klėbį nutvėrė...

– Ar teip tatai, mano mylimoji? Nenorėjai įsileisti! – rūgojo urėdas. – Bet aš gudresnis, įėjau. Šį vakarą turim išgerti įkurtuvių – naujosios trobos!

Tai sakydamas, pastatė ant stalo plėčkelę nolio.

Petronė įbrėžė žiuburį. Jis pripuolęs užpūtė:

– Kam to reik? – sako. – Ar ne šviesi mėnesiena! Prie žiuburio iš lauko viskas viduo matyti. Purmonai ir dvariškiai valkiojas, gal pasistebėti. O mėnesienoj geriau... – ar nematyti? Duokš tik čėrkelę, netruksma ilgai. Seniai jau dėl tavęs yra ta plėčkelė laikoma. Turiu tave nors sykį pamylėti!..

– Ne, aš be žiuburio nebūsiu! – tarė Petronė ir vėl brėžė.

– Kokia tu esi nepersakoma! Tai langinyčią ar langą užleisk su kuomi norint!.. O, teip!.. No, sveiks dabar, tu mano gražioji! Gerk, šit pyrago užsikąsk!.. Vis tai laikiau ir laukiau pritinkamo laiko, kuomet viena būsi. Dabar tyčioms teip pataisiau, išsiųsdamas vyrą... Gerk!

– Dėkuo, ponaiti, negaliu, negersiu.

– No, kiek gali, tiek! Nors loską priimk! Kaip tik Petronė čėrką prie dantų, urėdas pagrobęs ir išvertė jai į burną. Valia nevalia turėjo nuryti, net ašaros bobai apšoko.

– Šimts velnių tų svečių tiek prinešė! – šnekėjo urėdas. – Negaliu nė atsigulti... Prie tavęs čia teip šilta, gerai, bent pasiilsėsiu; kojos pavargo per dieną... Sveiks!

Prie antrosios nebereikėjo teip suokti Petronelės, nebeaginos teip ilgai, o trečią ir ketvirtą spėriai išmaukė, ir pati sako:

Made in the USA
Middletown, DE
22 October 2022

– Tokia saldi, teip sklandžiai ein! Beveizint ir skruostai jos užkaito.

– Kokia tu skaisti palikai... kaip rožė pūrinė!

Tai sakydamas, urėdas, apsikabinęs Petronę, suko į lovą sėsties greta savęs.

Netikėtai Petronelė šokos, akis pabalinusi, stūmė jam į krūtinę ir apmaudingai sušuko:

– Šalin, nekybinėkis! Tu man ne kavalierius, aš tau ne pana!

– Ar tai tokia padėkavonė už česnę, Petronel? Ko pyksti? Gerk dar burnelę, bene būsi geresnė?

– Nebusiu, ne! Aš tamstos česnės neprašiau; seniai žadu pasakyti, tik nepradrįsau – kad nelandyk prie manęs, nes Antanui pasakysiu!

– Tai tu tą savo pajuodėlį geriau myli?!. O tai durnelė! Būkim geruoju. Kad jis bus, aš nebūsiu; dabar jo nėra, aš esu. Ar tau negerai?

Ir vėl pagrobęs ėmė po gvalta bučiuoti.

Tik šmakst į trobą Antanas! Jau be burnoso, vienoj rankoj virvagalį nusitvėręs, su antrąja capt urėdą už čiupros, nuža raižyti, sakydamas:

– Dėkuo už česnę, dėkuo už česnę, tokia padėkavonė! Pylė su virvgaliu: prisivengia, priešais kibti, – bijo, melsti – gėda. Vijos tik kaip driežas pusbalsiai švarkšdamas:

– Antan... rupūže!.. Liaukis... Aš tau... perstok... tu, rupūže... po velniais!..

O čia klupiniu šokiniu puola tik prie durų. Dar Antanas, sumovęs porą ypų: „Šė tau česnę, šė tau česnę!" ir, davęs vokišką klecką, metė kaip šunį laukan.

Grįždamas per aslą, juokės:

– Sakiau, kad aš sučiupsiu tą velnią!

Petronelė kaip apušės lapas drebėjo kerčioj. Antanas juokdamos klausė:

– No, Petrel, kas su mudum bus?..

Ta krito kaip ilga ir verkdama apkabino jam kojas.

– Cit, neverk! – tarė Antanas, keldamas ją nuo žemės: – nebijok, nemušiu aš tavęs!

Petronelė, kaip matušės nuplakta, pasikukčiodama verkė. Antanas, prisiglaudęs ją prie širdies, ramino ir tildė, o pačiam ašaros kaip pupos rietėjo per skruostus ir uostus. Teip susiglaudę, paverkė valandelę, ir vėl Antanas prorėksmais prašneko:

– Gana, gana, mano maželele, nusiramink. Užėjo juodas debesis, ir audra sumentė pradžią mūsų gyvenos. Ką padarysi, pereis... Kitą sykį tik dabokimės. Dabar, šį kartą, ir aš pats buvau truputį kaltas: seniai numaniau, bet tylėjau, norėdamas gerai išprantavoti... O tu, mano maželele, dabokis nuo paslapčių prieš mane. Gera ar bloga, sakykim visada

viens antram teisybę! Tumet lengvai nustumsma juoduosius c savo gyvenos...

Vėjelis nugulė, dienos pūga nusčiuvo, visi debesys nuslinl dangus apsipylė tūkstantėms mirgančių žvaizdelių. Apskritas tarytum karalius visų smulkesniųjų šviesulelių, niekuomi nel liuosai rietėjo viršumi juodųjų miškų, sidabrine savo šviesa a baltą paviršę žemės. Švietė miške žvėreliams, švietė ant viešk pakeleiviams, švietė dvare pro langus mūro, spindėjo į išpuo Švietė menkose trobelėse pro žemus langelius, linksmino su grinčeles, švietė ir pro langą mūsų Dauginių. Pamatė anuos ir verkiančius. Susigraudino gailingas mėnuo ir kartu apsive verkti), trokšdamas suvienyti ir padauginti ašarų, katroms g numazgoti juodą pėtmą nuo jų laimės.

1898 m.   PABAIGA.